ベリーズ文庫

冷血CEOにバツイチの私が愛されるわけがない
～偽りの関係のはずが独占愛を貫かれて～

未華空央

STARTS
スターツ出版株式会社

目次

冷血ＣＥＯにバツイチの私が
愛されるわけがない
～偽りの関係のはずが独占愛を貫かれて～

冷血ＣＥＯにバツイチの私が愛されるわけがない
〜偽りの関係のはずが独占愛を貫かれて〜

1　元サレ妻、バツイチ、人生再生中

『ああ、離婚だ離婚だ。それがいい』

不貞を暴かれたとき、パートナーがこんなにもすがすがしく離婚に同意するとは思わなかった。

私の観ていたドラマでは、相手はもっと動揺して、不倫なんてしていないと隠し、最後は謝罪してやり直したいと懇願していたから。

想像していた展開と違いすぎて、私のほうがぼうぜんとしている。

『……謝るとか、ないの？』

相手の開き直ったような態度に、喉の奥が詰まるように苦しい。

怒りと、悲しみ。悔しさ、虚しさ……。

私はこんな思いをするために結婚したんじゃない。

『謝る？　俺がお前に？　あのさ、なんでこうなったのか、自分に非がないとでも思ってるのか？』

『非って、私はなにも――』

『母親みたいにうるさいお前みたいな女、もううんざりなんだよ。奥さんとして、女として見れない。だから外で女つくるんだろ』

自分のしてきたことが正当だと言わんばかりの言い分に、もうそれ以上謝罪を求める気は起きなかった。

見えなかった、気づけなかっただけで、彼は初めからこういう人だったんだ。そう思うしかなかった。

この人に、私の気が静まる方法を求めても無駄。

一刻も早く離れて、別々の人生を歩む選択をするのが先決。

離婚をすることに、一寸の迷いもなかった。


あのときのやり取りを、今でもなんの気なしに思い返している自分がいる。

それは決まって、こんなふうに仕事中の手が空いたタイミングで。

「原田《はらだ》さーん、どうしよう。三時の会議までにここ間に合わないかもしれなくてー。見てもらってもいいですかぁ？」

満面の笑みを浮かべて「お願いしまーす」なんてわざとらしく両手を合わせている彼女に、ちらりと視線を向ける。

本当は、下の名前で呼んでるくせに……。

彼女の白々しい態度に小さく息をつく。

「おいおい、間に合わないって勘弁してくれよー」

言葉とは裏腹に、頼られてうれしそうに彼女のパソコンを覗《のぞ》く彼——原田久志《ひさし》は、半年ほど前に離婚した私——唐木田知花《からきだちはな》の元夫だ。

出会ったのは、この『ナナセコミュニティ』に入社して間もなくの頃。

同じ部署で同期ということもあり、意気投合するのは早かった。

明るくて人あたりのいい彼に私は惹かれ、彼もまた、面倒見がいい私に惹かれたと言い、付き合い始めるまでそれほどの時間はかからなかった。

そして、入社して二年後、二十五歳になる年に私たちは社内恋愛の末にゴールインした。

しかし、結婚二年目になる頃には雲行きが怪しくなり始める。

日々の帰宅が遅くなり、休日も急な出社だと言って家を空ける日が増えていった。

仕事を理由にしても、私たちは同じ部署。

担当業務が違っていても、なんとなく仕事の進行については見当がつくもので、帰りが遅いことや休日出勤に疑念を抱かざるをえなかった。

それでも、冷めだしているかもしれない夫婦関係をなんとか修復しようと、私なりに努力をした。

仕事から帰っても、毎日夕食はきちんと用意したし、一緒に過ごす時間があればたくさん話をしようと心がけた。

けれど、そのすべてが彼にとってはわずらわしかったのだ。

体調を気にかけて用意した食事も、会話を増やそうと出した話題も。

なにか心配をすれば『おかんみたい』と言われ、妻として見てもらえなくなった。

そんなある日、手入れをしようと手に取った彼のスーツのポケットから信じられないものが出てきたのだ。

それは、リボンをモチーフにしたピアスの片方。

私の耳にピアスホールは開いておらず、それがよその女のものだというのは確定的だった。

相手の女からの宣戦布告なのか、はたまた、偶然、逢瀬中に紛れ込んだ事故なのか……。

どちらにせよ、それは動かぬ証拠となり、私から彼を問いつめるきっかけとなった。

ピアス発見の翌日。

すでに衝撃を受けている私に、さらなる追い打ちをかける出来事が起こった。

なんと、今まさに向こうで会議の資料が間に合わないとかわいく助けを求めている彼女——三ツ橋麻未《みつはしまみ》が絡んでいたのだ。

彼女は私たちより一年後の入社で、同じ部署に配属された後輩。

胸下まであるロングヘアは毎日艶々で緩くカールを決めていて、オフィスファッションはいつも華やか。地味な色の服を身に着けることはなく、常にパステルカラーなど明るい色のコーディネートを心がけているような女性だ。

ファッションは自由とされていても、基本的にジャケットを身に着けてカチッとした装いをしている私とは会社自体が違うのではないかと思われるほど雰囲気が違う。

小柄で細身の彼女と並ぶと、身長百六十センチで標準体型の私は大きく見られがちだし、私たちを並べるとすれば顔タイプだってぜんぜん違う。

三ツ橋さんは朝のメイクにしっかり時間をかけているのがわかるし、顔全体がキラキラしている。一方あまりしっかりメイクをしてこなかった私は、社会人として失礼にならない程度の最低限のメイクしかしていない。

目もとがキラキラしたり、うるうるのリップだったり、そんな華やかさとは皆無だ。

母似の生まれつき二重の目は、学生時代から濃いめにメイクをすると主張が強すぎるから常にナチュラルに。逆に鼻と口は小ぶりで印象に薄いパーツだ。ヘアスタイルも取り立ててオシャレとは言えない普通のセミロングヘア。髪色もはやりのピンク系やベージュ系などには程遠い地味なブラウンカラーだ。

三ツ橋さんのような女性らしい雰囲気の人に男性が惹かれるのはあたり前だろう。

そんな彼女が、ピアス発見の翌日、部署内でなにげなく口にしていた言葉が耳に飛び込んできたのだ。

『お気に入りだったピアスなくしちゃって』

彼女のほうに思わず目を向けるほど、衝撃の発言だった。

その瞬間、動悸が激しくなったのを今でも鮮明に覚えている。

話の相手になっていた彼女の同期の女性が『どんなやつ？』と質問し、三ツ橋さんが口にした言葉に心臓が止まりかけた。

『立体的なリボンのピアスなんだけど』

耳にした声に、私は必死に平静を装った。

聞こえていないふり、なにも知らないふり。

――もしかしたら、彼女は私に聞こえるようにわざと話しているのかもしれない。

あの当時は心臓が壊れるほど動揺したけれど、今となっては、あれは彼女から私への宣戦布告だったのだと落ち着いて分析できている。

彼の相手が、同じ職場で同じ部署の後輩女性。

それは、私にとって衝撃でしかなかった。

結婚してまだ一年半弱。離婚という言葉を出せば、少し火遊びをしてしまったと許しを乞い、二度とこんな過ちは犯さないと誓ってくれるはずだと思った。

そうであれば、関係の修復を考えようとも思っていた。

しかし、話は予想外の展開を迎え、私たちは大きくもめることもなく別々の人生を歩む手続きを踏んだ。

離婚という人生の分岐点を半年ほど前に経験し、新たな人生を歩み始めたものの……。

「わー、ありがとうございます、原田さん！　さっすが〜」

こうして、同じ職場に元夫とその不倫相手がいるという過酷な環境で働いている。

プライベートと仕事は別。

ちゃんと切り離してきたつもりだったけれど、やっぱり元夫と不倫相手の女と同じ空間で仕事をするのは精神的にこたえるのが正直なところ。

ふたりがイチャイチャしているのが目の端に入ってくるのは日常茶飯事。

もちろん気にしないように、見ないように心がけている。

でも、気にしないようにしようと思うこと自体も、見ないようにしようとしているのも、結局は気にしているからで……。

そんな自分自身に腹が立つし、もっと強くなりたいなと思う。

勤続六年目、二十七歳。仕事に慣れて後輩もでき、会社の戦力としてがんばりたいという思いとは裏腹に、業務に対して全力で打ち込めていないのもここのところの悩みだ。

意識して周囲の音をシャットアウトし、目の前の仕事に全集中した。

桜の木も若葉が見られるようになってきた四月中旬。十七時過ぎに退勤して、向かった先は会社最寄り駅から程近い居酒屋。

「じゃ、お疲れー」

「はーい、お疲れさまです」

グラスを軽く合わせて乾杯をし、冷たいビールを喉に流し込む。

退勤時間近く、『夕飯食べて帰らない？』と誘ってくれたのは、同じチームの二年先輩、川口彩子《かわぐちさいこ》先輩。

私と彩子先輩が所属するコミュニケーションチームは、日本最大のメッセンジャーアプリを運営している。

スマートフォン普及当初にサービスを開始し、今ではスマートフォン所有者の九割以上が利用するコミュニケーションツールへと成長。うちの会社の事業で代表的なものとなっている。

ナナセコミュニティは、情報系・IT企業として一九九〇年に起業し、インターネット検索エンジンのサービスをスタートしたことで話題に。

当時は国内でそのようなサービスを展開している企業がなく、業績はうなぎ上りだったという。

その後ホールディングスを設立しナナセグループは急速に拡大。複数の事業会社が時代の一歩先を行くサービスを展開し続け、今もなお上場企業体として君臨している。

「今日のさ、うさぎのキャラのコラボ会議。三ツ橋さんが担当だった資料がミスっててさ、先方が混乱してたよ」

彩子先輩の出してきた話題に「え？」と口をつけていたビールグラスをテーブルに置く。

「そうなんですか？　なんか、会議前にわたわたしてましたけど。てっきり準備万全で会議に挑んだと思ってました」

「だよね。私もそれ見てたから、え？と思ったよ。いったいなにを騒いで対応してたんだって。で、結局涙目でさ……周りが困っちゃうよね」

「そうだったんですね……」

「まったくさ、男に色目使うのだけは一丁前で。そういうのは仕事ちゃんとできてからにしてほしいよね」

そんな話をしながら、そのときの状況を思い返す。

つい小さくため息が出ていた。

「知花ちゃん、環境つらくない？ 私が知花ちゃんの立場だったら、絶対退職しちゃってるから」

私が職場恋愛して結婚し、相手の職場内不倫によって離婚した一連の事情を彩子先輩は知っている。

離婚した後も、同じ部署に元夫とその相手の女がいて、その環境下で仕事をしている私をいつも心配して気にかけてくれているありがたい存在だ。

仕事中も、私があのふたりと極力関わらないよう間に入るなどして気遣ってくれたりと、余計な心配をさせていて本当に申し訳ない。

私のプライベートな事情のせいで、業務に迷惑をかけている現状はどうにかしたい。気にしないでくださいと彩子先輩には話しているけれど、そうはいかないと気にかけてくれる気持ちもよくわかる。

私が彩子先輩の立場だったら、やっぱり同じように気にかけるだろうから。

「正直、仕事はしづらいです。気にしないようにとは思ってますけど、目に入るし、話し声も聞こえてきますからね」

「そりゃそうだよ。しかもあの子、わざと聞こえるように話してるじゃん。関係ない私ですら鼻につくよ。原田くんもさ、三ツ橋さんと付き合うのは別にいいよ、知花ちゃんときちんと別れたんだし、彼の人生だから。でもさ、元奥さんと一緒の職場なんだから少しは知花ちゃんに配慮するのが礼儀じゃん」

私の思いを彩子先輩が言語化してくれて、気持ちがふっと軽くなるのを感じる。

こんなふうに、私の立場になって意見をしてくれる彼女の気持ちがなによりありがたいしうれしい。

「ありがとうございます」

素直な気持ちが口から出ると、彩子先輩は「お礼言われることじゃないから！」と身を乗り出した。

「真面目にキャリアアップ目指してる知花ちゃんからしたらさ、ほんと迷惑な話だよね。弊害だよ、弊害」

「そうですね……」

「そういや聞きそびれてたけどさ、異動の希望とかって出さなかったの？」

「はい、今のところは」

離婚が成立した当初、異動の希望を出そうかとそんな考えも一瞬頭をよぎった。

でも、どうして浮気をされた私が逃げるように異動を希望しなくてはいけないのかと、冷静になって考えてみると腑に落ちなかった。

悪いことなんてしていないのに、異動の希望なんか出して今のチームから出るのが〝負け〟のように感じたのだ。

だから、異動の希望は出さずに働き続けた。

「そっか」

「なんか……逃げるみたいで、嫌だなって」

ぽろっと心の内を口にしてみると、彩子先輩は「そんなことないよ！」と言う。

「たしかに、そんな気にもなるけど、でもさ、自分のスキルアップのためって思ったら、過去のプライベートに邪魔される環境って自分のためにならないと思わない？

それは逃げるのとは違うよ」

彩子先輩の言葉がすっと胸に落ちてきて、妙に納得する。

あの人たちを気にしないで、自分がどうしたいか、どうなりたいのかを一番に考えたらいいんだ。

「彩子先輩に今そう言われて、たしかにって思っちゃいました」

「でしょ？　知花ちゃんは仕事ができるし、向上心もあるし、もしやりたい仕事があるなら希望出すとかさ」

入社から変わらずコミュニケーションチームで働いてきて、最近興味のある、従事してみたいと思う部署ができた。

それが、マッチングチームだ。

婚活を目的にしたものから、専門職の職業マッチング。最近では、趣味をともに楽しむ相手を探すマッチングサービスなど、幅広いサービスを提供している。

新設されたばかりの部署のため、社員が新たなサービスを提案し、プレゼンして新サービスとして実現したりなどもしているというから興味深い。

「マッチングのほうには、ちょっと行きたいなって思っていて」

「へぇー、マッチングかー」

「新サービスのプロジェクトチームとか、携わりたいなって」

そんな話をしていると、一杯目と一緒にオーダーしていた豆腐サラダと小エビの唐揚げが運ばれてきた。

彩子先輩の取り皿をもらい、サラダを取り分ける。

「なんか案があったりするの？」

「婚活マッチングとか、既婚者マッチングとかはあるじゃないですか。そうじゃなくて、私みたいなバツのある人専用のとか、意外と需要あるんじゃないかって。例えばなんですけど」

離婚というのは、そこにどんな理由があったとしても相当なパワーを使うもの。

そんな経験を過去にしていれば、新たなパートナーを求める際は慎重になるし、二度と同じ過ちを繰り返したくないと考える人は多いはず。

過去の結婚がうまくいかなかったからこそ、心から信頼できる相手と出会いたい。そう願う人々が安心して利用できる真摯なサービスを実現できたらいいなと思う。

離婚を経験したからこそ、その身になって感じるのだ。

「え、それいいじゃん！　三人にひとりが離婚しちゃう時代とか言うしね。実装したら絶対話題になりそうだし」

彩子先輩から好感触の反応をもらえて、ますます異動して自分の力を試してみたい気持ちが膨らんでいく。

異動希望の申し出、してみてもいいかな……。

「仕事もだけど、そういえばさ、前に言ってたお見合いしろって言われてる話はどうなったの？」

「あぁ……まだなくなってないです。つい数日前も、母から電話がきて」

結婚して一年あまりで離婚をした私を、田舎の両親は心配し、そしてよく思っていない。

離婚当初は、その理由から相手を相当非難していたけれど、だんだんと私にも『見る目がなかったから』とこの世の終わりみたいな顔になっていった。

それには、もちろん私も返す言葉がなかった。

東京《とうきょう》になんかいたらまたロクでもない男に引っかかる。仕事を辞めてこっちに戻ってきて、お見合いをしたほうがいい。

離婚後三か月もするとそんなことを言うようになり、一か月ほど前からは具体的に相手をあげてお見合いの話をされるようになった。

地元の地主の息子で、私よりもひと回り以上年上の男性だ。

両親的には、自分たちの知っている相手の方が安心できるし、仕事など辞めて実家に帰って落ち着いた結婚生活を送ってほしいのだろう。

でも、私はまだ仕事を辞めるつもりはないし、まだまだスキルアップを目指したい。

「そっかぁ。まぁ、ご両親的には心配はあるよね。でも、知花ちゃんは仕事を辞めたくないし、帰る気はないんでしょう？」

「はい、ないです。お見合いも、しないって言ってるのに、一度帰ってきてみんなで食事をしようって」

「あぁ……それは、帰ったらお見合いさせられる方向だね」

やっぱりそうだよなと、つい小さくため息をつく。

「ですよね。だから、お盆休みも帰省するのやめようかなってちょっと考えちゃってます」

「そりゃ帰りづらくなるよねー」

そんな話をしながらサラダを口に運び、これからの自分の人生の行方をぼんやりと考えていた。

四月も下旬に入り、早い人は来週からゴールデンウイークに入るなどと朝の情報番組で言っているのを耳にした。

今年は長い人で十連休の休みがあるという。

十六時過ぎ。自分のデスクでパソコンに向かっていると、会社から支給されている業務用のスマートフォンが震え始める。

手に取ると、秘書課の板東《ばんどう》という方の番号が表示されていて、応答に一瞬戸惑った。

社用のスマートフォンには、社員の名前と電話番号があらかじめ登録されており、どの課の誰からの着信なのかすぐに把握できる。

秘書課の人から電話がのかかってくるなんて初めてだ。

疑問を感じながらもスマートフォンを手に取る。

「はい、コミュニケーションチーム唐木田です」

《お疲れさまです。秘書室の板東と申します》

板東さんは男性で、落ち着いた声のトーン、話し方の人だ。

「お疲れさまです」

《七瀬《ななせ》CEOがお呼びです》

七瀬CEO……CEO⁉

《執務室のほうへお願いします》

「あ、あの、私ですか？」

なにかの間違いではないかと思い確認の言葉が出てくる。

ＣＥＯに呼び出されるなんて、一社員である私には思いあたる節がない。

《唐木田知花さんを呼んでほしいと言われています。間違いではございません》

板東さんははっきりとした口調で即答する。

ＣＥＯから仕事を頼まれるような方がミスをするはずもなく、本当に呼び出されているのは私のようだ。

「承知いたしました。今からお伺いします」

板東さんは《よろしくお願いいたします》と言って通話を切った。

ちょうどひと区切りになりそうだった仕事をきりのいいところまで済ませ、席を立つ。まだ多くの人が仕事中のオフィスを出て、エレベーターホールへと向かった。

足を向かわせながらも、いまだに呼び出された意味がわからない。

知らぬ間に、なにか重大なミスでもしでかしただろうか……。もしかして、クビだなんて告げられたら……。

よからぬ展開が頭の中を巡るけれど、たとえクビになるようなミスをしたとしても、ＣＥＯにじきじきに呼び出されるなんて普通ありえない。

だとしたら、何事……!?

そもそも七瀬CEOと直接対面したことなんてない。

メディアで見るか、本物を見たとしても遠くのほうで顔も見えないくらいのサイズでお見かけしたくらいだ。

しかも、必ず秘書や側近の人たちが周囲にいる。

働いている会社のCEOなんていえば、ただの社員でしかない私からしたら雲の上の人だ。

私がこの会社に入社する一年ほど前、創業者の孫で現会長の息子である七瀬裕翔《ひろと》さんは、二十八歳という若さでナナセコミュニティのCEO兼ナナセホールディングスの専務取締役に就任したという。ナナセグループがそれまで築いてきたものを大切にしながらも事業拡大に積極的に挑戦し続け、七瀬CEO就任から一年ほどで業績はさらに上昇した。

私が入社した当時は、まさに乗りに乗っている真っただ中だったのだ。

でも、社内では七瀬CEOに関してあまりいい話を耳にしない。

とにかく仕事に厳しく、妥協を許さない完璧主義者。会社を大きくするためには手段を選ばず、社員の気持ちなんて考えていないなどと言う人もいるくらいだ。

三年ほど前に社内で大きな話題となり、大混乱したとある出来事を思い出した。

ＳＮＳ投稿の文化が発展している昨今、なにか話題性のあることをしようと新しいプロジェクトが始動した。

それが、うちのメッセンジャーアプリ内で利用できる投稿型のノベル機能だった。

ライトノベルが一時代を築いた今、その波に乗って出版業界にも進出しようと試みたのだ。

大々的にコンテストを行い、プロアマ問わず受賞した作品は刊行もされた。

このままうちの事業の一ジャンルとして落ち着くかと思いきや、サービス開始から約一年で投稿型ノベルの機能、出版事業の廃止が突如決定された。

その判断を下したのが七瀬ＣＥＯだと耳にした覚えがある。

近年、紙代の高騰によって出版業界も価格転嫁等の厳しい部分が出てきているのは事実で、七瀬ＣＥＯはそんな時代の変化を先読みしていたのではないかとまで言われていた。

しかし、新事業を立ち上げこれからというときだった関係部署の人間たちや、取引のあった作家から不満や不安の声が多くあがったのも事実。そんな一件もあったのだ。

よく言えばやり手、悪く言えば冷徹。

直接の関わりはないけれど、今まで聞いてきた話を総合的に捉えて苦手なタイプの人としか思えない。

そういえば数日前、新たなプロジェクトに向けての会議があり、うちのチームからも数人が出席した。私は担当ではないため参加者ではなかったけれど、上司からの要請で会議中に資料を届けに向かった。

その際、上司が七瀬ＣＥＯに鋭く意見をされているタイミングに訪れてしまい、緊迫した会議室には一刻も早く抜け出したい空気が漂っていた。

普段はチームメンバーに厳しく、一目置いている〝できる上司〟が、七瀬ＣＥＯの前ではこんなにも委縮し、やられっぱなしになっている。

そんな光景を目のあたりにし、より苦手意識が強まったばかりだ。

働いている会社が上場企業なのはＣＥＯの力だと思うし、そんなところで働けているのは事実ありがたい。

でも、人としては間違いなく自分とは合わない相手だろうから、こうして直接会って話すということに緊張する。

普段過ごしている五階から、初めて訪れる三十二階を目指す。

エレベーターに同乗していた人たちが途中でどんどん降りていき、最後は私ひとりだけになった。

到着した三十二階は、エレベーターを降りた途端に床がじゅうたんでまず驚く。この階に降りるのは初めてだけれど、こんなに仕様が違うとは思いもしなかった。

エレベーターホールを出ると、ガラス張りの廊下が現れる。

周辺のオフィスを見下ろす眺めで、晴れた今日はかなり遠くのほうまで街が望める。

右手にガラス張りからの景色を見ながら、向かうはＣＥＯの執務室。

三十二階には、ＣＥＯをはじめ、重役の個人的な執務室が並ぶ。

いよいよその部屋を前にして緊張に襲われていくのを感じる。

少しでも落ち着けるように深呼吸をし、目的の部屋の前で足を止めた。

筆記体で名前のプレートが掲示されているのを目にし、勝手に心拍が上がっていく。

ダークブラウンの木目調のドアをノックすると、十秒もしないうちに向こう側からドアが開かれた。

現れたのは、シルバーフレームの眼鏡をかけた男性。背は標準よりは少し高めだろうか、百八十センチはないくらいかと思われる。ダークグレーのスーツを身に着け、黒髪をきっちりとまとめ凛とした、見るからに仕事のできそうな人だ。

彼は私の首からかける社員証を目にし、「お待ちしていました、板東です」とドアを大きく開ける。

「お待たせしました」

急ぎめで来たものの、なんとなくそんな言葉が出てくる。

通された扉の先は普段から板東さんがいるであろう秘書室で、カウンターと、ちょっとした待合のソファセットがある。

「奥でお待ちです」

どうやらその奥に七瀬CEOの部屋があるらしく、板東さんが部屋をノックして「失礼します」と中に声をかけた。

板東さんがドアを開けると、奥のデスクまでが遠い広い部屋が現れる。

最奥はガラス張りになっていて、七瀬CEOはそのガラス張りの前に立ってスマートフォンを耳にあてていた。

ちょうど通話を終えたところのようで、耳にしていたスマートフォンをデスクに置いて振り向いた。

〝冷徹なやり手CEO〟とささやかれるのと同じくらい、彼には話題になる要素がある。それは誰もが否定しない眉目秀麗さと、韓流《はんりゅう》スター顔負けのスタイルのよさだ。

端整な顔は小さく、優に八頭身はあるモデルのようないで立ち。

雲の上の人、もはや架空の人物じゃないかと思うのは、肩書きとその容姿のせいだろう。

向こうに立つ七瀬ＣＥＯは特別なオーラを放っている。

「唐木田さんがお見えになりました」

板東さんが私の到着を知らせると、七瀬ＣＥＯが「ああ、ありがとう」と返してからデスクの椅子に腰を下ろす。

しっかりと生で聞いたその声は耳心地のいい落ち着いた声で、どこまでも完璧に整っている人なんだなと感心してしまった。

「では、なにかありました際にはお呼びください」

坂東さんは私を部屋に通すと入ったドアを閉める。

七瀬ＣＥＯとふたりきりになり、ひとまず遠くの彼に頭を下げた。

「コミュニケーションチームの唐木田です。お疲れさまです」

「お疲れさま。仕事中に悪かった」

「いえ……」

「とりあえず、この距離間で話すのはおかしい。もっと前へ」

入口を入ったところで立ったままの私に、七瀬ＣＥＯが手招きをする。

「あっ、はい。申し訳ございません」

初めてのことにあたふたする。

呼び寄せられて足を進めるものの、どうも動きがぎこちない。

近づくにつれて、心臓が早鐘を打ち始めるのを感じていた。

「すみません、失礼します」

デスクの目の前まで行き、再度頭を下げる。

表情がよくわかる距離まで接近し、改めてその整った顔立ちにくぎ付けになった。

綺麗《きれい》にセットされた艶のある黒髪。意志の強そうな眉に、細く高い鼻梁。アーモンド形の目は奥二重で印象深く、薄い唇はどこか色っぽい。

彫刻のような顔に圧倒されていると、七瀬ＣＥＯがじっと私を見つめた。

「突然呼び出されて驚いているかもしれないが、今日呼んだのは悪い話ではない」

なにかやらかしてしまったのかとよからぬ展開ばかりが頭をよぎっていたから、悪い話ではないという予告に安堵する。

「唐木田さん、君にひとつお願いしたいことがある」

七瀬ＣＥＯはデスクに両肘をつき、握り合わせた拳を口もとに置く。

真っすぐ射貫かれて、その目力に息をのんで構えた。

「君に、私の婚約者役を演じてほしい」

「……えっ？」

思わず素っ頓狂な声が出た。

聞き間違いだろうか。

いや、ここには今ふたりだけで静かな空間。そんなはずはない。

困惑して固まっている私を前に、七瀬ＣＥＯは真剣な表情を崩さずじっと私の返答を待っている。

でも、そんな大真面目に言われても悪い冗談としか思えない。

「あ、あの……いったいなにをおっしゃっているのですか？　すみません、理解ができず」

「実は、結婚しろと両親から縁談を勧められている」

いきなり始まった話に頭の中は疑問符で埋め尽くされる。

七瀬ＣＥＯが両親から早く結婚しろとせっつかれているという話？

「俺はまだ結婚する気がない。だから、婚約者のフリをしてもらって両親をあきらめさせたい」

話の概要はなんとなく掴《つか》めた。

七瀬ＣＥＯはご両親に縁談を勧められ、でも彼はまだ結婚をしたくない。だから結婚を前提に付き合っている婚約者を仕立てて、両親の進めている縁談を阻止したいという内容だ。

その話は整理をしたら理解できるけれど、わからないのはそれをなぜ私に頼んできたかということで。

考えられるとすれば……。

「それは……業務というお話ですか？」

自分に白羽の矢が立つ意味がわからず、仕事なのかと思うしかない。仕事だとしても、疑問しかないけれど。

「仕事は関係ない。プライベートの話だ」

「え……？」

「もちろん、ただとは言わない」

七瀬ＣＥＯは席を立ち上がり、デスクを回って私の立つ側へとやって来た。

「離婚したばかりだと聞いている。婚約者のフリをするのに、なんのリスクもないだろう。あくまで〝役〟だ」

突如プライベートな事情を持ち出されて困惑が広がる。

私が離婚をしているから依頼してきたということ？

たしかにリスクはないけれど、それにしたってちょっと失礼な話だ。

「すみません、申し訳ありませんが、お断りいたします。そのような重要な役、私には務まりませんし、もっとふさわしい方がおられるはずですので」

婚約者のフリなら、この社内にふさわしい女性はいくらだっている。

それに一番は、私にそんな大役は務まらない。

こうして面と向かって話すだけでも恐れ多い相手だというのに、フリとはいえ婚約者の役なんて……。

「見合いをさせられそうで困っていると耳にしている」

「どっ、どうしてそれを……」

大々的にしている話ではない。社内では彩子先輩くらいにしか言っていないし、彩子先輩が人に話すような人ではないのもわかっている。

七瀬ＣＥＯは意味深に微笑を浮かべた。

「困っているなら、君も結婚を考えている相手がいると言えばいい」

「えぇ？」

「必要があれば、その見合いを中止にする手伝いもするぞ」

信じられない提案をされて絶句する。

そんな私とは対照的に、七瀬ＣＥＯはくすっと笑った。冗談、ということ……？

「さっき、ただとは言わないと言っただろう。他部署への異動や、別会社へ移りたければそれも優遇するつもりだ」

「え……」

「今の環境では、君の本来発揮できるはずの力も出しきれないのでは？　どうだ、君にとっても悪い話ではないだろう。もちろん、話を受け入れてもらえるなら次の人事のタイミングを待たず、至急で対応する」

七瀬ＣＥＯは「用件は以上だ」と話をまとめる。

私の返答を待つ様子に、なんと答えたらいいのか言葉が出てこない。それよりも、話の内容を処理しきれない。

黙りこくっている間に、こちらを見つめる彼の目が鋭くなるのを目撃した。

「もしも断るという返答ならば、そのときは……まぁよく考えるんだな」

含みのある言い方をされ、どきりと心臓が不安そうに音を立てる。

よく考えろなんて言うけど、この言い方じゃ完全に脅しでは……。

そんな抗議も頭に浮かんだけれど、多忙な七瀬ＣＥＯを前に、これ以上黙りこくるわけにもいかず、とりあえず口を開いた。

「……考える、時間をください」

それしか適当な言葉が見つからず、彼の顔を見上げて返事をする。

七瀬CEOは「わかった」と言って再びデスクへと戻っていった。

「気持ちが固まったら、連絡をもらえるか」

そう言いながらデスクの引き出しを開け、名刺を取り出す。そのうしろに手もとのペンでなにかを書き込んだ。

「俺のプライベートな連絡先だ。ここにかけてくれ」

「わかりました」

自社のCEOからこういった形で名刺を受け取ることになるとは思いもせず、受け取る手が震えそうになる。

「時間をもらって悪かった」

「いえ。では、失礼します」

最後に深く頭を下げ、足早に執務室を後にした。

冷凍庫から保存容器を取り出し、電子レンジに入れる。

休日に作り置きのおかずを作り、お弁当のようにして冷凍しておくと帰宅後すぐ楽に夕食が取れるから、毎週用意するようにしている。

離婚後、会社の独身寮であるワンルームマンションに引っ越した。

通勤は前より近くなったし、家賃も会社の補助のおかげでこの金額でここに住んでいいの？というくらい安いからありがたい。

広い部屋ではないけれど、ひとりなら十分だし、築年数は浅くセキュリティ面もしっかりしているから大満足の住まいだ。

レンジができあがりを知らせ、冷蔵庫から作り置きのお茶をコップに注ぐ。

今週は鮭の切り身がメインで、ホウレン草の卵あえと、レンコンとニンジンのきんぴら、ちくわ明太子のメニューだ。

こんな感じで毎週四食ほど作って冷凍し、夕食を用意する気力がないときに食べている。

「いただきます」

ベッドの横に置いているローテーブルに夕食を運び、手を合わせた。

ひと口目にホウレン草を食べたところで、そばに置いた通勤用のバッグにあるスマートフォンのバイブレーションが響き始めた。

箸を止めてバッグに手を突っ込む。

表示されていたのは実家の母の名前だった。

「もしもし、お母さん？」

《知花、今、電話大丈夫？》

「うん、少し前に帰ってきたところだから大丈夫」

《そう、お疲れさま》

母と話すのは、そこまで久しぶりではない。先週、例のお見合いの件で連絡がきたばかりだ。

「どうしたの？」

《この間の話なんだけど、今度の五月の連休、仕事ないって言ってたわよね？》

「え、あ、うん」

《相手のご家族と食事でもって話になって。帰ってこられるわよね？》

嫌な予感はしていたけれど、やっぱりその話かと身構える。

ゴールデンウイークも仕事だと言っておけばよかった。

「私はお見合いする気がないって言ったはずだけど」

《またそんなこと言って。前向きに考えておいてって言ったじゃない》

「考えてはみたけど、やっぱり無理だよ。仕事を辞めてそっちに帰りたいとは思わないし」

これだけはっきり拒絶の姿勢を見せても、母は《どうしてよ》とあきらめない。

《それなりに力のある農家さんだから、自営業だし、そんなに仕事がしたければ事務の仕事とかできるわよ》

仕事がしたいというのは、なんでもいいからという話ではない。

今の会社に入社して築いてきたキャリアが土台にあり、これからさらにその上に実績を積み上げていきたいのだ。

母には、私にそんな思いがあるとはわからないのだろう。

《そんなにかたくなに拒否するなんて、お見合いできない理由でもあるわけ？》

「え、それは……」

言葉に詰まったとき、今日の夕方の出来事が脳裏で再生される。

『困っているなら、君も結婚を考えている相手がいると言えばいい』

『必要があれば、その見合いを中止にする手伝いもするぞ』

七瀬ＣＥＯが言っていた言葉が鮮明によみがえりハッとする。

「と、とにかく、五月の連休に帰るのは厳しいから、お断りして」

《もう……まぁ、今回は急に言ったから予定合わなかったってお伝えしておくけど、盆休みには必ず予定合わせてちょうだいね》

「わかった、とは言えないよ。とりあえず、ご飯食べるとこだからまたね」

半ば強制的に通話を終わらせせスマートフォンを置くと、自然とため息が漏れ出た。

母のあの調子では簡単にあきらめてくれなそうだ。

両親がお見合いをさせたいのは、結婚後たいした年月もたたずに離婚となった私の幸せを願って。

だとすれば、この先私がしっかり幸せな人生を歩めば安心してくれるということだ。

私が今、求める幸せ。

それはやっぱり、仕事でキャリアアップをして、社会的に認めてもらえることだ。

そう思ったとき、夕方の出来事がよみがえる。

『もしも断るという返答ならば、そのときは……まぁよく考えるんだな』

あのときの七瀬ＣＥＯの不敵な笑みが鮮明に思い出され、今さら自分の未来が不安になり始める。

もし断ったら、キャリアアップどころか会社にいられなくなったりして。そうなったら、田舎へ帰ってお見合い……⁉

最悪な展開が脳裏によぎり、慌てて払いのけるように追い出す。

自分にとっての最善策はなんなのか。気持ちを落ち着けて考える。

もし話を受けたら、お見合いは回避できて、異動も叶えられる……？

だとすれば、ここはおとなしく言うことを聞いたほうが身のためって話だ。

傍らに置いたバッグを手に取り、名刺入れを取り出す。

今日もらった七瀬ＣＥＯの名刺の裏側にメモされた番号を、スマートフォンに打ち込んだ。

発信をタップしコールが鳴り始めてから、いくらなんでも早まりすぎだと後悔する。

でも、時すでに遅し。

今切っても着信は残るはずだから引き返せない。

コールが止まり、向こうから《はい》という応答が聞こえて思わず背筋が伸びた。

「あ、あの、わたくし、夕方お話しいただいた、コミュニケーションチームの唐木田です」

つい〝わたくし〟なんて口から飛び出すほどの緊張ぶり。

案の定、くすっと笑われる。

《うれしいよ。早速連絡をもらえて》

さらっと出てきた言葉に、不覚にもどきりと鼓動が反応する。

七瀬CEOは〝婚約者のフリをしてもらう重要ミッション〟の返答が早くて喜んでいるだけの話だ。私からの連絡にそんな言葉を口にしたわけじゃない。

「はい。あの、今日いただきましたお話の件で、お電話いたしました」

《それで、話は受けるんだよな？》

「はい。私で、務まるのか不安はありますが、詳細を伺えたらと……。それから、異動の件、本当に考えてくださるのですか？」

話を受けようと思ったのは、下手に断ってクビにでもなったら困るから。それに、条件として人事異動の優遇を出されたからだ。

キャリアアップ、挑戦してみたい仕事がある私にとって、希望するチームに配属してもらえるチャンスは逃したくない。

《もちろん。早速、両親に都合をつけてもらって席を用意する。詳細決まり次第、また連絡する》

「あ、はい、わかりました」

七瀬CEOは《じゃ》と言って通話を終わらせた。

あまりにあっさりと終わってしまい拍子抜けする。

私からの返答を聞くと、まるで事務手続きでもするかのような調子で一方的に用件を伝えて通話を終わらせた。

ずっと抱いていた印象の通り、冷たく、自分の利益のために突き進む人のようだ。

脅しとも取れる言葉に負けて話を承諾したけれど、異動の条件はなかった話になる可能性も考えられる。

そうなれば、この話を引き受けた意味がよくわからないけれど、とにかくクビだけは回避しないとまずい。

言う通りにしておけば、悪いようにはされないよね……。

不安と落胆からか、知らぬ間に深いため息をついていた。

2　冷徹ＣＥＯに脅され……

四月最後の週末、日曜日。

五月の大型連休も差し迫った今日、私は朝から姿見の前で服をとっかえひっかえして頭を悩ませていた。

ベージュのワンピーススーツか、スモーキーブルーのデザインワンピースか。

どちらも膝が隠れる上品な丈で、かしこまった席で着用しても問題ない。

スモーキーブルーのワンピースは爽やかな印象。ベージュのワンピーススーツは間違いなく正統派だ。

「……こっちかな」

悩んだ揚げ句、決めたのはベージュのワンピーススーツ。スモーキーブルーのワンピースはクローゼットの中にかけ直した。

今日は、七瀬ＣＥＯから依頼をされた例の日。

婚約者のフリなんて絶対無理だと思ったけれど、七瀬ＣＥＯから脅しのような形で迫られ請け負ってしまった。

後になってから、とんでもない役を引き受けたとゾッとした。

でも、後悔する間もなく空いている週末の日程を聞かれ、今日の日が決定。もう引き返すことはできないから前に進むしかない。

七瀬ＣＥＯからは連絡が数度届いた。日時と場所、ご両親についての説明やどんな話をするかの予測など、当日の段取り的な内容で、業務連絡のようなものだった。

その内容に基づいてイメージトレーニングをして今日の日を迎えたけれど、いざ当日を迎えるとすべて吹っ飛んでいく勢いで緊張している。

絶対に粗相をしないように。余計なことはせず、七瀬ＣＥＯに倣って行動する。

でも、ご両親が進めようとしている七瀬ＣＥＯの縁談を取りやめにしようと思ってくれる女性を演じなくてはならない。

ベージュのワンピーススーツに着替え、洗面台の前に立つ。

メイクは決して派手にならないように。でも好印象に見えるよう、普段よりも丁寧に仕上げた。

髪形は、鎖骨下までのセミロングは毛先だけまとまるようにひと巻きし、今日はハーフアップにして清楚な雰囲気にしてみた。

これで大丈夫だとは思うけれど、あとは七瀬ＣＥＯと実際に会ってみて、なにか指摘を受けたらどうにかするしかない。

準備を終えても落ち着いて座っていられず、部屋の中をうろうろ。

そんな中、突然インターホンが鳴った。

こんなときに誰だろうとモニター画面を見て、驚きで「ひっ」と思わず声が漏れ出てしまった。

七瀬ＣＥＯ……⁉

予定では、もう少ししたらこの社用マンションに迎えが来て、食事の予約をしているという日本橋《にほんばし》の老舗ホテルに向かうと聞いていた。

それも、普通にタクシーかなにかを用意してもらっていると思っていたのに、まさか七瀬ＣＥＯがじきじきに訪ねてくるなんて思いもしない。

「おはようございます。今、開けます」

慌ててオートロックを解除する。程なくして、部屋のほうのインターホンが鳴らされた。

「すみません、お待たせしました」

扉を開けると、今日はダークグレーのスリーピースにブラウンのネクタイが決まっている七瀬ＣＥＯが立っていた。

「部屋の前にいるのが俺だと確認したか？」

「あ、いえ、普段は応答してから出ています。ただ、今は七瀬ＣＥＯが見えて驚いてつい……」

「危機感が足りない」

もっともな言葉を抑揚のない声でずばっと言われ、「すみません……」と会って早々委縮する。

「少し早いが出られるか」

「はい、もういつでも出られる状態ではあります」

「じゃあ出よう」

腕時計に目を落としながら七瀬ＣＥＯが言う。

「わかりました。今、出る支度をしてきます」

いったんドアを閉め、急いで用意しておいたバッグを手に部屋の明かりを消す。

そそくさとパンプスに足を入れ、再び玄関ドアのノブを掴んだ。

「お待たせしました」

「待ってない、数十秒だ。待っているうちに入らない」

「はい、でも、お待たせはしているので」

相手は自社のCEOだ。常に気を使うのは自然の行動。数十秒だって自分のためにお待たせするなんて考えられない。

先を歩く七瀬CEOの後についてエレベーターに乗り込む。

朝起きたときから増し始めた緊張は、彼の登場によってうなぎ上り。このままいけば、ご両親と対面する食事の席では意識がぶっ飛んでいるかもしれない。

そんなことにでもなって迷惑をかけたら取り返しがつかない。

「顔合わせ用に用意してくれたのか」

「あっ、はい。私のできる程度で申し訳ないのですが」

「そうか。親から見れば好印象の雰囲気だ」

よかった……。

好感触の感想に胸をなで下ろす。

「だが、もっとわかりやすく伝えておくべきだったな」

「え……？」

「今日のためにすべて準備してある。だから、なにも気にせず体ひとつで来てもらえればいいと言うべきだった」

どういう意味だろうと思っている間に、エレベーターは一階へと到着する。

マンションの前には、白い高級外国車のセダンが停車していた。ピカピカに磨かれたボディにくぎ付けになる。

七瀬ＣＥＯは助手席側のドアを開け、私に向かって「乗ってくれ」と言う。

「え、あ、はい。お邪魔します」

七瀬ＣＥＯの車に乗るなんて平静を保っていられるはずもなく、かといって動揺しすぎてもたもたするのも申し訳ない。

開けてもらったドアからそろりと乗車すると、すぐにドアが閉められた。

本革だと思われるシートはなめらかで座り心地が抜群。体を包み込むようで、腰を下ろした途端思わずシートに振り返ったほど。

そんなことをしている間に、七瀬ＣＥＯが運転席に乗り込んできた。

「シートベルトを」

「あ、はい」

普段は車に乗り込んだら無意識に締めるのに、圧倒されてそれすら忘れていた。慌ててシートベルトを装着する。

私の動作を確認して、七瀬ＣＥＯはエンジンをかけた。

「改めて、今日はよろしく頼む。移動中のふたりきりのうちに今日の内容を確認しておきたい」

「はい、そうですね」

今日についての詳細は事前にメッセージアプリで聞いているけれど、ぜひとも確認はしておきたい。

七瀬ＣＥＯはまず、私について生年月日や出身地、家族構成などの基本情報を確認していく。

「君とはプライベートを通じて知り合い、意気投合したとする。俺から声をかけたということにしたい」

「はい」

「君に離婚歴がある件は話題には出さない。まさか、何回目の結婚かと両親が聞いてはこないだろう」

私にバツがついている事情はどうするのだろうと思ったけれど、それに関してはあえて触れないようだ。

「嘘をつくわけではなく、余計なことは口にしないという感じでしょうか」

「そうだ。話が早くて助かる」

まさか七瀬ＣＥＯが真剣交際しているという相手がバツイチだなんて、ご両親も思うはずはないだろう。

私の役割は、あくまで婚約者のフリ。本当の婚約者ではないのだから、余計な情報は伏せておくのが一番だ。

「基本的には、俺の話に合わせてもらえれば問題ない。君が困ることのないように細心の注意を払う」

「わかりました、ありがとうございます」

車は走り始めて十分ほどで目的の老舗ホテルへと到着する。

七瀬CEOは車寄せに停車し、車から降りた。

ここで降りるのかと彼の動向をうかがっていると、七瀬CEOが助手席へと回ってくる。

ドアを開けられ、慌ててシートベルトをはずした。

「ここで降りよう」

「あ、はい。あの、自分で降りますので七瀬CEOがこのようにドアを開けてくださらなくても」

どちらかというと私がドアを開けに行く立場だ。

しかしその言葉も聞こえていなかったように、彼は私に向かって「手を」と左手を差し出す。

驚いたものの、言われた通り自分の手を重ねた。

取られた手はそっと握られ、私の降車を手伝う。

「ここからはもう、君は俺の婚約者だ」

車から降ろされたと同時に、耳もとに近づいた彼の唇がささやく。

急な接近に一気に鼓動が跳ね上がり、顔が熱くなるのを感じた。

「それから、その呼び方も婚約者ならおかしい」

ドアを閉め、私の手を引いて歩き出した七瀬ＣＥＯは、長身を屈めてまた私の耳もとでそう意見する。

たしかに、婚約するくらい真剣交際なら七瀬ＣＥＯなんて呼び方はしないはず。

「じゃあ、裕翔さん、ですかね……」

恐れ多すぎて口にするのが緊張するのも仕方ない。

これは演技なんだからと、冷静になって自分を落ち着かせる。

「そうだな、それでいい」

ホテルのエントランスに入っていくと、巨大な赤バラの装花が出迎えてくれる。

いったい何本のバラを使っているのかわからないけれど、バラで巨大な球体を模していて見事だ。

私がそれに見とれているうち、どこからともなくホテルスタッフが近づいてくる。

こちらから出向かなくても人が声をかけてくるなんて、ＣＥＯクラスならあたり前なんだろうけれど、私にはすべて初めての体験だ。

「七瀬様、お待ちしておりました。ご案内いたします」

スムーズに案内され、スーツ姿のスタッフに続いていく。

その間も七瀬ＣＥＯは私の手を取ったままで、車を降りたときから引き続き心臓は落ち着かない。

婚約者と見せるための演出とはいえ、事実手を握られているのだ。

「こちらです、どうぞ」

日本の迎賓館として愛されてきた老舗ホテルは、どこを見ても重厚で格式高い。

案内されたのは、花柄のじゅうたんが敷きつめられたヨーロピアンテイストの部屋。結婚式などの控え室のような感じの個室だ。

こんな場所になぜ案内されたのかと不思議に思いながら、勧められたソファに腰を下ろす。

てっきり、ご両親との待ち合わせのレストランに向かうと思っていた。

スタッフが「少々お待ちくださいませ」と部屋を出ていき、七瀬ＣＥＯと再びふたりきりになった。

「あの、ここは……？」

「婚約者を演じてもらうために、君をドレスアップしようと思い事前に手配していた」

「あ……だから、体ひとつでなんて言われていたんですか」

やっと話が見えてくる。

今からここで、私が七瀬ＣＥＯの婚約者としてふさわしい姿に仕立ててもらえるという段取りらしい。

「ああ、そういうことだ」

「ありがとうございます。お手数をおかけします」

「よりいいものをまとえばよさが引き立つのは間違いない」

よさが引き立つなんてもったいない言葉に、つい左右に頭を振る。

彼の言葉を否定するようで大変失礼だとはわかっているものの、恐れ多いと体が勝手に動いていた。

「そんなふうに言ってもらえるような者では……」

部屋の扉がノックされ、話が中断する。

七瀬CEOが「どうぞ」と返答すると、「失礼いたします」とさっきとは別の女性スタッフが部屋に入ってきた。

「お待たせいたしました。本日は、ご会食のご利用と伺っております」

「ああ、彼女のドレスアップをお願いする予定だったが……この通りすでに完成度が高い」

「そうでございますね」

ふたりから目を向けられ、「そんなことは！」と両手を体の前で振って否定する。

「まぁでも、プロにさらに仕上げてもらって、用意した服もせっかくだから使ってくれ。彼女が身に着けた姿を見たい」

「かしこまりました」

七瀬CEOはそう伝えるとソファから立ち上がった。

「何分くらいで戻ればいいかな」

「三十分ほどでよいかと思われます」

「わかった。じゃあ、頼んだよ」

七瀬CEOは私に向かって「終わった頃に戻る」と言って部屋を後にした。

「こちらでいかがでしょうか」

鏡越しににこやかに声をかけられ、「はいっ」とうなずく。

「七瀬様のおっしゃる通り、それほどお手伝いするところもなかったのですが」

「いえ！　こんなに綺麗にしてもらって、ありがとうございます」

スタッフの女性は「いえいえ」とやっぱりにこやかにメイク道具を手早く片づけ、「失礼いたします」と部屋を出ていった。

ひとりになり、鏡の中の自分と見つめ合う。

ヘアメイクは自分なりにしてきたから、メイクは普段行き届かない部分をしてもらい、髪は同じハーフアップでも編み込んだ凝ったアレンジに作ってもらった。

やっぱり、プロの手によって施されるヘアメイクは格別。自分では技術的に難しいからこそ感動が大きい。

それに、この装い……。

椅子から立ち上がり、全身を映してみる。

七瀬ＣＥＯが用意していたというワンピースをスタッフの方から受け取って、着替えるときにハッと驚いた。

いざ着替えようとすると、それが海外のハイブランドのものだとわかったのだ。

驚いて手が止まったのは言うまでもない。

普段着ている服とは桁が違う高級品に袖を通すなんて、いいのだろうかというためらいもあったけれど、落ち着いて考えてみると七瀬ＣＥＯの婚約者という〝設定〟なのだ。

私個人の価値観は捨てて、身なりだってなりきらないといけないわけで……。

そう考えを改めると袖を通すことができた。

明るめのグレージュカラーのＡラインワンピース。上品な膝下丈で、目立つデザインはないものの着た姿が美しくてさすが一流ブランドだと驚愕だった。

これならいいところのお嬢さんに見えなくもない。

ここに来たときよりもがらりと雰囲気が変わった自分に改めて感心していると、部屋の扉がノックされた。

「あ、はい！」

返事をすると、開いたドアの先から七瀬ＣＥＯが顔を見せる。

私は立ったまま、入ってきた七瀬ＣＥＯに頭を下げた。

「支度が済んだと聞いて戻ったが……」

私の姿を上から下まで見ながら近づいてくる七瀬ＣＥＯに、自然にしゃんと背筋が伸びる。

「想像以上の出来だ。似合っている」

「えっ、いや、そんなことは全然！」

ほとんど反射的にそう言葉を返していて、自分が途轍もなく失礼な発言をしているとすぐさま気づく。

「あ、全然というのは、私の身の丈にはもったいないということで、その、似合っているという言葉に対してではなくっ」

慌てて訂正をする私の前まできた七瀬CEOは、表情を変えずじっと私を見下ろす。

「わかってる。そんな必死に弁解しなくてもいい」

失礼な発言を撤回しようとして、逆にうるさかったかもしれないとハッとする。もう少し冷静に話さなくてはならない。

「両親はあと十分程度で到着すると連絡が入った。先に席に着いていよう」

「はい、わかりました」

個室を出て、向かった先はホテル二階の三ツ星フランス料理レストラン。

あたり前のように個室に案内され、スタッフの引いた椅子に腰を下ろす。

いよいよ本当に粗相のできない時間が近づいてくると思うと、視線は定まらず落ち着きなくあちこちを見始める。

「見合いは勧められてきたが、今回本命の女性がいると話したらそれはそれで会うのを楽しみにしている両親だ。そんなに硬くならなくていい」

「はい」

そうはいっても、力が抜けるわけもなく、空返事になる。

そんな調子でいると、突然「知花」と、横から七瀬CEOが私の手を掴んだ。

何事かと目を向けると、優しく手を握られる。

「やっぱり、緊張してるな」

「へっ」

「脈が速い」

どうやら手首で確認されていたらしく、私のドキドキを言いあてられてしまった。

七瀬CEOは手をつないだまま「リラックス」と微笑む。

それが逆効果と言わんばかりに私の鼓動を暴走させ、手が離されてもテーブルの上一点を見つめて必死に気持ちを落ち着かせていた。

「気負うことはない。いつも通りの君で両親に会ってもらえれば大丈夫だ」

「はい」

なんだか、本当に真剣交際している相手のご両親に挨拶をする前みたいな緊張感だ。

七瀬ＣＥＯが、こんなふうに時折気遣ってくれたり、この場に来て急に優しく微笑んだりするから、変な錯覚に陥りそうにもなっている。

さっきからそのたびに、違う違う！と自分を落ち着かせている。

私たちが席に着いて十分もしないうち、個室のドアがノックされた。

「失礼いたします、お連れ様が到着されました」

椅子から立ち上がり、ご両親を迎える。

「待たせたな」

先に入ってきたのは彼のお父様。

七瀬ＣＥＯと同じくモデルのような高身長で、スーツがさまになるスタイルのよさ。

計算されたオシャレなグレーヘアで、二重ではっきりした目と高い鼻梁が印象的。

微笑むと目尻にできたしわが優しげな印象を与える。まさに〝イケオジ〟という言葉があてはまるタイプだ。

「お待たせしました」

その後に続いて入ってきたお母様も、すらりとした女性で目を奪われる。

黒いタイトスカートのスーツを見事に着こなされていて、長い黒髪は艶のあるゆるふわ。アーモンド形の目もとはまつげも長く、色白で美しい顔立ちはベテラン女優のような存在感を放っている。

このふたりから誕生したのが、隣にいる七瀬ＣＥＯというのがすごく納得できる。富も名誉もある上に、揃《そろ》ってこの容姿。すごい完璧な一家だ。

「今日はありがとう。こちらが会ってほしいと話した、唐木田知花さん」

七瀬ＣＥＯからの紹介を受けて、ご両親に向かって頭を下げた。

「初めまして、唐木田知花です。よろしくお願いいたします」

「知花さん、初めまして」

お父様が言うと、お母様もにこやかに笑って「初めまして」と言ってくれる。

「とりあえず、掛けて。それから挨拶をしようか」

お父様のひと声で、スタッフが立ったままの私たちの椅子を順番に押していった。

「裕翔の父です。お会いできてうれしいよ」

お父様が挨拶をし、続いてお母様が小さく頭を下げる。

「裕翔の母です。知花さん、今日はありがとう」

「こちらこそ、お時間いただきましてありがとうございます。お会いできて光栄です」

初対面の挨拶をなんとか無事に済ませると、さっきまでの緊張がほんの少し和らぐ。

物腰がやわらかく、優しいご両親でよかったとホッとしている。

それからすぐにドリンクをオーダーし、コース料理が開始した。

ご両親は今日はこの後オフらしく揃ってお酒をたしなみ、顔合わせの席は和やかなムードで時間が流れていく。

打ち合わせ通り、基本的にご両親からの質問には七瀬ＣＥＯが受け答えをし、私が話を合わせるというスタイルで会話は交わされた。

途中、他愛ない会話の中でご両親から「最近、結婚したての知り合いがすぐに離婚して」なんて話題が出たときは〝離婚〟の文字にどきりとしたけれど、約二時間ほどのコースはとくに大きな問題もなく、無事にお開きに。

ご両親は、「今度は家に遊びに来て」とまで言ってくれた。

ご両親をホテルのエントランスまでお送りし、迎えの車に乗り込まれるところで最後の挨拶を交わした。

発車し、ホテルの門を出ていくのを見届けると、七瀬ＣＥＯが「お疲れさま」と私に振り向いた。

「無事、終わったな」

「はい」

緊張しっぱなしの時間だったけれど、間違いを犯していないかだけ心配だ。

七瀬CEOの想定通りに動けていただろうか。

「両親の様子を見ていると、君を気に入ったようだった」

「そうですか、それならよかったです」

今回の〝設定〟では、私は今の自分自身と同じナナセコミュニティの社員で、七瀬CEOの趣味であるという料理の教室で知り合ったということになっている。

趣味の場で出会ったのが偶然にも自社の社員だった、という感じだ。

それにしても、七瀬CEOの趣味が料理だったのにも驚いたけれど、多忙な中でクッキングスクールに通っているというのも意外すぎた。

そんなイメージがまったくなかったからだ。

「あの様子なら、今後は縁談の話を持ってこなくなると思う。代わりに君との関係はどうなのかと聞かれると思うが、それはうまいこと話していけばいい」

今日の目的は、したくもない縁談から逃れるため。

真剣交際しているという相手に会い、結婚を勧めていたご両親も安堵したかもしれない。

息子が決めた相手なら任せようと、そう感じている空気はくみ取れた。

エントランス前で話していると、七瀬ＣＥＯの車が車寄せに着けられる。

ヴァレーパーキングサービスのスタッフが車を移動させてきたようで、七瀬ＣＥＯに声をかけに来た。

「自宅まで送ろう」

「はい、ありがとうございます」

さっと背中に手を添えられて、また助手席へと案内される。

丁寧な所作が自然と出てくることに、今日一緒の時間を過ごして何度も感心させられた。

一流の環境で生まれ育って自然と身についたものなのかもしれないけれど、私にとっては紳士的でうっとりさせられるような振る舞いばかりだった。

七瀬ＣＥＯがハンドルを握る車は、ゆっくりと発車してホテル敷地内から出ていく。

「約束していた通り、異動の件も早急に進めたいと思う。現段階で希望の部門はあるのか」

「はい。実は、マッチングチームに興味がありまして。できればそっちに行ければありがたいです」

私から希望を聞いた七瀬ＣＥＯは「ほう」と、意外だというような反応を示す。

「マッチングチームか。なにかやってみたいことでも」

「はい。もし異動ができた際には企画案も出したいと思ってます」

「そうか。楽しみにしている。後日正式に異動の通知を出す。少しだけ時間をもらう」

そんな話をしているうち、あっという間に住まいのマンションへと車が近づく。

やっと終わる……。

なんとか無事に帰宅できそうで心底ホッとする。

肩の荷が下りるというのは、まさに今の自分だなんて思いながら、車を停車させた七瀬ＣＥＯに「ありがとうございます」とお礼を口にした。

七瀬ＣＥＯはマンション前に到着した車から降り、すぐに後部座席のドアを開けた。

座席から荷物を取り出し、そのまま助手席側に回る。

彼にドアを開けてもらう行為がどうしても申し訳なくて、先に自分でドアをそっと開けた。

私がほんの少し開けたドアを、七瀬ＣＥＯが外側から大きく開く。

お礼を言って車を降りると、ホテルの紙袋がふたつ手渡された。

ひとつは会食前に着替えた自分の服、もうひとつには箱が入っている。

「今着ている服は、そのまま受け取ってほしい。好みでなければ処分してもらってかまわない」

「えっ……受け取るだなんて、こんな高価なものいただけません」

「今日の報酬にもならない額だ」

絶対にそんなはずはない。私が一か月働いて買えるか買えないかの金額に違いない。

報酬にもならないなんてそんなこと……。

「返却されても処分するだけだ。だったら、少しでも着用する可能性がある君が持って帰ったほうがいい」

「そうですけど……私には、このような服を着て出向くような場がないですし」

私の言葉に七瀬ＣＥＯは微笑を浮かべる。

冷静に物事を見すえている厳しい表情しか印象になかったけれど、今日は演技とはいえ何度もやわらかい表情が見られた。

今はもうふたりきりで必要がないのにこんなふうに微笑まれたら、つくりものとは思えない。

冷血とか、人でなしとか、そんな言葉も聞こえてくるけれど、もしかしたらそんなことはないんじゃないかって思えてくる。

「困らせたか、悪かった」

「い、いえ！　違います！　ただ、恐れ多いという意味なんです」

「それなら、少し飾って場所を取るなら処分すればいい」

「処分なんてしません！　観賞用にさせていただきます」

笑いを取るつもりなんてなかったのに、七瀬ＣＥＯはくすっと笑う。

「ああ、好きにしてくれ。もうひとつのほうは、さっき食事をしたホテルのケーキだ。嫌いじゃなかったら」

「ケーキまで……ありがとうございます。なんだか、逆に申し訳なくなってきました」

こんなにもらってしまって、さらには異動までお願いしているなんて、自分はそれ以上の役割を担えたのか不安しかない。

「さっきも言ったはずだ。今日の報酬にもならないと。君はそれ以上に重要な役を引き受けてくれたんだ」

でも、私の心情を読み取ったかのように七瀬ＣＥＯはそう言ってくれる。

あまりしつこく同じことを言うのも逆に失礼だと感じ、素直に「では、ありがたくいただきます」と頭を下げた。

「ああ。今日は本当にありがとう。君に依頼して間違いなかった。では」

「はい、こちらこそありがとうございました」

七瀬ＣＥＯが車に乗り込むのを見送る。

再びエンジンをかけると、窓越しにひらっと手を振り、車は私の前から走り去っていった。

ひとりになって、小さく息をつく。

行っちゃった……。

見えなくなった車にそんな言葉が浮かび、自分自身にハッと驚いた。

今日一日は、普段自分が生きている世界とは違う別世界での出来事を体験したようだった。

過去、結婚する前にやっぱり同じような顔合わせがあったけれど、今日とはまったく別物。

もちろん一般庶民と比べてはいけないけれど、今日はそんな別世界を垣間見た貴重な一日だった。

部屋に帰り、早急にワンピースを脱いでハンガーにかける。改めて部屋の一角にかけたハイブランドのワンピースを眺めて感嘆のため息が漏れた。

「うわ、すごい。なにこのケーキ……」

いただいたケーキの箱をそっと開けてみると、直径十五センチほどのホールケーキが出てきた。

パステルカラーの淡いブルーのケーキには、クリームのデコレーションと、いろいろな種類の花を模した砂糖菓子がのっている。

食べるのがもったいないビジュアルだなと、そっと箱を閉めた。

七瀬ＣＥＯから呼び出され、今日の話をされたときは腰を抜かしそうになった。

そもそも、呼び出す相手を間違えているんじゃないかって。私にしている話だとわかった後も、ぴんとこない部分は大きかった。

それから今日を迎えるまで、日に日に緊張と不安とが増していったけれど、いざ当日になればあっという間だった。

もちろん相手が相手だけに常に緊張はしていたけれど、不思議と終わってしまった今日を少し残念に思っている自分がいる。

たぶん……いや、きっと、七瀬ＣＥＯとの時間に魅了されたに違いない。

本当の婚約者のように丁寧に扱ってもらった時間、たとえそれが演技だとしても、今までそんなふうに男性に接してもらったことはなかったから単純にうれしかった。

彼に大事に想われる女性はきっと幸せ。うらやましいなと思う。

でも、そんなふうに思う自体おこがましい。

私はこの重大ミッションを終えるとともに、自分のキャリアアップの道を切り開いたのだ。

夢のような時間の余韻に浸っていたいのも山々だけれど、仕事関係の調べ物をしようとノートパソコンの電源を入れた。

3　夜景と星空に見守られて

「お疲れさまでした。お先に失礼します」

数人残っているチームメンバーに声をかけ、オフィスを後にする。

時刻は十九時前。

六月の頭、私は希望していたマッチングチームへと無事異動の希望を叶えた。

七瀬CEOとの約束の後、本当に驚くほどの早さで人事から異動通知が届いたのだ。

それから限られた時間で引き継ぎをし、スピード異動。

一般的には四月と十月に異動があるものだけれど、六月という滅多にないタイミングでの異動となった。

エレベーターに乗り込み、スマートフォンを取り出す。

新着メッセージに彩子先輩の名前があり、一番に開いた。

【お疲れさま。新部署はどう？　仕事含め、なじめてきてる？　タイミング合うときランチでも飲みでも行こう】

かわいい絵文字とともに気にかけてくれるメッセージを読み、思わず笑顔になる。

彩子先輩には、今回の異動が決まった件について詳細を話せていない。

七瀬ＣＥＯの沽券に関わる内容であると思ったし、私も今回のあの一件を説明できる自信がなかったからだ。

ただ、これまで彩子先輩には異動したい旨を伝えていたので、『希望を出していたのが通ったんだね』と私がとくに説明する必要もなく理解し喜んでくれた。

元夫とその交際相手である後輩が同じチーム内にいるのも精神衛生上よくないし、きっと会社のほうで配慮してくれたんだよ、と納得してくれた。

そこに七瀬ＣＥＯが直接関わっているのは伏せているものの、異動に関しての内容には間違いない。

新部署にも慣れ、チームのメンバーはいい人ばかりだという内容を打ち、彩子先輩が大丈夫なときにランチでも飲みでも行きたいとメッセージを作っていく。

ちょうど送信したタイミングで一階へと到着した。

異動したマッチングチームは、本社ビルとは違う場所にオフィスを構えている。徒歩圏内ではあるものの、最寄りの地下鉄は変わる程度の距離間。

だから、これまで同じチームで気軽にランチにも出られた彩子先輩とも、約束をしないと会うのが難しくなってしまったのだ。

異動をしてほとんどのことがよかったけれど、そこだけが少し残念に思えている。

エントランスを出ていくと、外はすっかり夜の街に変わっていた。

ひとり駅に向かって歩き出したところで、正面から近づいてきたふたり組が足を止めた。

「久しぶり、元奥さん」

久志がそんなふざけた挨拶をすれば、隣にいる三ツ橋さんが「やめなよー、その呼び方」とけらけら笑う。

どうしてこんなところにこのふたりが揃って現れるのか疑問しかない。

そう思うのは、私の異動がちょうど決まったのと同じ日、驚くことに、このふたりにも異動命令が通知されたのだ。

元夫の久志は、茨城《いばらき》にあるオフィスに飛ばされ、三ツ橋さんは東京都下にあるオフィスの販売第三促進部という、ほとんど仕事がないと噂されている部署へと異動になった。

本人たちには身に覚えのない異動命令だったらしく、オフィスで騒いでいたのを覚えている。

私の異動とともにふたりまで異動となり、もしかしたら七瀬CEOが？とも頭をよぎった。

タイミング的にそう思わざるをえなかったけれど、確認するすべがなかった。

婚約者を演じたあの日以降、七瀬ＣＥＯと連絡は取っていない。

「俺らの異動、お前が関わってるとしか思えないんだけど、どういうわけか説明してもらえるか」

「え……？」

「とぼけるのか。どうせ、会社になにか訴えたんだろ。そうでもなきゃ、希望も出してない俺たちが同時に異動になるはずがない。俺に関しては地方オフィスだ。おかしいだろ？」

それに関しては私自身も疑問に思っているけれど、確かな答えはない。

でももし、七瀬ＣＥＯからなにか聞いていたとしても、それはそれで本人たちに言えるはずもない。

「申し訳ないけれど、私はなにも知らない。話せることもない」

ふたりが揃ってこんなところにいるのはなぜだろうと思っていたけれど、今になってやっとその理由がわかった。

私に文句のひとつでも言ってやろうと思ったのだ。

「まぁ、先輩も大変なんだし、あまり責めたらかわいそうですよ」

絶対にそんな気持ちなどないだろうと思える口調で、三ツ橋さんが口を挟む。

「先輩が異動になったところ、まだ若い部署だし、超大変だって聞いて。そんなところに飛ばされて、やっぱり冷血CEOを恨んでますか？」

きゃっきゃっと笑う三ツ橋さんを目にして、自然と奥歯を噛みしめる。

「過労死とかしないでくださいね〜。そしたら私、悲しくて――」

「今の言葉は取り消して。冷血CEOなんかじゃない」

ぴしゃりと言い返した私に、ふたりが真顔になる。

冷血なんて、そんなことない。

ちゃんと人間的な温かみのある人だと、接してみて感じたから。

それ以上の言葉は受けつけないと言わんばかりの私に、久志が「おいおい」と笑い始めた。

「ちょっと待てよ。もしかして、いづらくて出した異動希望をすんなり受け入れてもらって七瀬に懐柔されたか？」

「別にそういうわけじゃない。私は自分の希望で今のチームに異動を希望したから。気まずいから、どこでもいいから異動したいってお願いしたんじゃない」

「どうだかなー。それか、未練を断ち切るためとか。離婚してもよく視線感じてたからな。勘弁してくれって感じだったし」

ちょっと、こっちが勘弁してくれなんだけど……！

身に覚えのない因縁をつけられて、そっくりそのまま言葉を返してやりたい。

「あー、離婚後にストーカーになる人もいるらしいしね。怖い……」

「ストーカーなんて！」

汚いものでも見るような目で見られ、言ってやりたい言葉が次々と頭の中に浮かんでくる。

でも、どれからぶつければいいのか考えているうちに、どうして自分がこんな言葉をぶつけられなくてはいけないかという悔しい思いに心が負ける。

離縁して、もう会いたくもないのにわざわざ現れては、聞き捨てならない暴言を浴びせてくる。

どうして、私がこんなこと言われなくちゃいけないの……？

「勤務地の変わった面々が、こんなところになんの用だ」

後方から聞き覚えのある声が聞こえてきて、驚いて振り返る。

私の出てきた社屋から現れたのは七瀬ＣＥＯ。私たちが立ち話をしているそばまで来ると、向かいにいたふたりの顔に緊張がうかがえた。

「どうした、彼らになにか言われたか」

すぐそばまで来た七瀬ＣＥＯが、私の顔をじっと見つめる。

さえない表情を見てなにか察したに違いない。

気遣うような言葉をかけられて目に涙が浮かびかけ、ごまかすように「いえ」とはっきり答える。短い返事とともに首を小さく横に振った。

「プライベートなことに口出しをする気はないが、君たちの人間性は実に残念なものようだな」

ふたりは揃ってぎくりとした表情を見せ、視線が落ち着かなくなる。

あからさまに挙動がおかしい彼らを、七瀬ＣＥＯはじっと見すえた。

「彼女は俺にとって大事な人だ。これ以上、業務外で近づくのは控えてもらおう」

大事な人――。

思わぬ言葉を受けて、彼の顔を見上げる。

ついどきっとしたけれど、とくに深い意味はないはずだと気持ちを落ち着かせる。

「まぁ、業務でも関わる機会は今後ないだろうけどな」

今さっきまで言いたい放題だったのが嘘のように黙り込んだまま、ふたりは頭を下げてその場を立ち去っていった。

夜の街に遠ざかっていくふたつの背中を見届けていると、「仕事上がりか」と七瀬CEOの声がした。

「あ、はい！　お疲れさまです」

「お疲れ」

「あの、七瀬CEOはこちらには……？」

「ああ、会議があって夕方から来ていたんだ」

仕事の関係で偶然来ていたと知り、こんなタイミングで再会できたことがうれしい。

あのご両親との顔合わせから約一か月ぶりくらいだ。

「今からなにか予定はあるか」

「え……？　いえ、とくには」

「そうか。それなら少し付き合ってもらいたい」

え？　付き合うって……？

そう聞く前に七瀬CEOはその場から歩き出す。

「はいっ」

ワンテンポ遅れて返事をし、その後についていく。

七瀬ＣＥＯは再び私が勤務するオフィスの入るビルに入っていき、エレベーターで地下へと向かうボタンを押す。

地下っていうことは、駐車場……？

やって来たエレベーターに乗り込み、指定したのは地下一階。

「マッチングチームでの仕事には慣れたか」

「はい、少しずつですが。あ、あの、直接お伝えできる機会がなく、遅くなりましたが、異動の件ではありがとうございました」

異動通知が出たすぐ後、七瀬ＣＥＯにお礼を伝えたくていただいた名刺の社内メールアドレスにメールを送った。

本当は直接顔を合わせて言いたかったけれど、そんな簡単に会える方でもない。案の上、あれからいっさい顔を合わせることはなかったし、すぐにメールをしてよかったと思う。

忙しいだろうから【返信不要です】としたし、こちらのお礼だけが伝わればいいと思った。

「礼には及ばない。わざわざメールありがとう」

地下一階へ着いたエレベーターから降り、向かった先にあったのは黒いセダン。前回乗せてもらった車とはまた違う高級外車だ。

買い換えた?なんて思ったものの、きっとそうじゃない。七瀬ＣＥＯクラスの人になれば、高級車を数台所有しているに違いない。

「乗って」

「はい、ありがとうございます」

今日もまた助手席のドアを開けて私の乗車を促す。

七瀬ＣＥＯが乗り込んだ車はすぐに駐車場を出ていく。

夜の街へと走り出し、十分ほどでまた地下の駐車場へと入った。

そこは、六本木《ろっぽんぎ》にある超高層オフィスビル。店舗やレストランのほか、美術館や展望台も入っている複合施設だ。数度来たことがある。

七瀬ＣＥＯは地下二階の駐車場に車を止めると、迷わずにエレベーターへと向かう。

食事でもするのかな……?　そんな時間ではあるけれど……。

そう思った直後、彼が指定した階がレストランなどが入るよりももっと上階だと気づく。

「展望、エリアですか……?」

会社前で付き合ってほしいと言われて、とくに行き先を聞かずについてきた。今になってやっと質問してみる。

「ああ、行ったことはあるか」

「いえ」

言葉を交わしているうちにエレベーターが目的の階に到着する。

エレベーターは途中から私たちふたりきりになった。夜景を観に行く人で混み合うものではないかと不思議に思っていると、到着した展望エリアの階は閑散としていた。

「到着だ」

エレベーターを降りると、インフォメーションの看板が置かれている。そこには、今日はもう営業が終了しているという案内が。

「え、あの……？」

でも、七瀬ＣＥＯは微笑を浮かべて私の背中をそっと押す。

どういうことだろうと身を任せていくと、先のほうでスタッフと思われる二名の女性がこちらに向かって頭を下げた。

「いらっしゃいませ。お帰りの際にお声がけください」

「ありがとう」

スタッフの前を横切り、誰もいない展望エリアにふたりで進んでいく。

「これって……？」

「今日は、営業時間後に貸し切りでお願いしていたんだ」

「えっ、貸し切り⁉」

まさかとは思ったけれど、本当に貸し切りだと言われて声が大きくなってしまった。

こんな施設を貸し切りにするって、やっぱりスケールが違う……。一般庶民には理解しがたい世界だ。

「わぁ……すごい綺麗」

目の前に広がるのは、東京の夜空と眼下にはビル群の夜景。

この高さでないと見られない景色を前に、胸がいっぱいになる。

「もともと、今日は仕事が終わったら来ようと思っていた」

ひとりで来るために展望エリアを貸し切りに……？

「よく来られるんですか？」

「ああ、気晴らしになるんだ」

さすが七瀬ＣＥＯ、気分転換の仕方も桁違いだ。

「そしたら、あそこで君たちに会ったから」

そうだった。

今さっきあんな不快な思いをしていたことも、その後の急展開で中和されて落ち着いていた。

今になってさっきの楽しそうなふたりの顔が脳裏によみがえる。

「そうだったんですか……。すみません、せっかくのプライベートな時間にご迷惑を」

「なにも謝る必要はない。迷惑だと思うなら初めから連れ出さないからな」

その言葉にホッとする。

七瀬CEOはひとりガラスの目の前まで歩いていく。

その後にゆっくりと続いた。

「都心にいても、ここなら星が綺麗に見えるんだ」

「ほんとですね……」

地上にいると、東京の街は明るいから夜空を見上げても星はよく見えない。

でも、ここなら街の明かりはずっと下にあって空が近い。

展望エリアは照明が暗めに落とされていて、星空がよく望める。

「先ほどは、お見苦しいところをすみませんでした」

少し時間が経過して、謝罪が出てくるくらいにやっと気持ちも落ち着いてきた。

あの場ではすぐに謝罪もできずお礼の言葉も出てこなかった。

「彼らとは、別の部署になって正解だったな」

「はい……」

たしかに、異動になってあのふたりと別の場所で仕事ができる環境になり、心穏やかに働けている。

いらないストレスから解放され、仕事にだけ集中できているのが一番ありがたい。

「あの、でも、彼らの異動は……？」

ふたりの希望ではないだろう。私と同時期の異動で不思議に思っていた。

「彼らの勤務態度の悪さは耳にしていた。ちょうどいい機会だと思ってな」

「そうですか」

「君が気にすることではない。すべてたまたま、偶然だ」

時期といいタイミングといい、きっと偶然ではないのは誰が聞いたってわかる。

だけれど、七瀬ＣＥＯが『たまたま』なんて言うのは、私が変に責任を感じないようにじゃないかと思ってしまった。

君のために、あのふたりも別の部署に飛ばした。

そんなふうに言わないのは、彼の優しさではないだろうか、と……。

ずいぶん、都合よく解釈しすぎだろうか。

自意識過剰だと思い、そんな考えを追い払った。

「君に対しても、普段から彼らはあんな調子だったのか」

「え……？」

「すごい言いようだった。ストーカーとはひどい言いがかりだ」

思わず驚いた顔を見せてしまう。

さっきのやり取りが一部聞こえていたようだ。

「まったく違う勤務地に異動となったのに、元妻の職場にまで来て待ち伏せしているほうがよっぽどストーカーだと思うがな」

たしかにその通り。

私にあんな言いがかりをつけてきたけれど、向こうのほうがよっぽどストーカーじみたことをしている。

心のどこかでそんな思いもあったのだろう。七瀬CEOが代わりに声に出して言ってくれたおかげでスッキリする。

「あの人たちからしてみれば、全部私が悪いって、なるみたいです……。昔から、そうなので」

「どういうことだ？」

「元凶は、すべて私にあってこうなったって」

そこまで言うと、しんとしている展望エリアに沈黙が落ちる。

私が話すのを待ってくれているのが彼から伝わってきて、気持ちを落ち着かせて口を開いた。

「離婚も、彼の不貞が原因で決まりました。でも……そうさせたのは私が悪いって。自分が外に目を向けたのは、私が妻として足りないから、魅力がないから、家に帰りたくならないからだって」

今でも、あのとき元夫に突きつけられた言葉の数々は消えずに残っている。

言い返す気力も奪われるほど、その言い分は勝手すぎた。

「情けないですが、私……強く言い返せなかったんですよね。怒ってもいいはずなのに、それもできなくて。彼の言う通り、私がそうさせてしまったのかもなんて、揚げ句の果てにはそんな思考に陥ってみたり」

思い出される酷な過去に喉が詰まってくる。

あのときに戻れるなら、今ならどんな言葉をぶつけられるだろう。

悔しい。やるせない。

喉奥に硬いものが突っかかって圧迫しているような苦しさに襲われ、同時に目に涙も浮かんでくる。

「こんな弱くてどうしようもないんだから、愛想尽かされても仕方なかったん――」

言葉の語尾を失うくらい、驚いて目を見開いていた。

少し強引な力で抱きしめられ、思わず息を止める。

突然の出来事に、なにが起こったのか頭の中は真っ白。

微《かす》かに鼻孔をくすぐる甘いエキゾチックな香りと、自分の鼓動が高鳴っているのを静止したまま感じていた。

「仕方ないはずがあるか」

七瀬ＣＥＯの低く落ち着いた声がそっと耳に届く。

「君を幸せにできるのは、彼じゃなかった。それだけのことだ」

そんな言葉をかけられて、浮かんでいた涙がぽろっとこぼれ落ちていた。

ふっとなにかの呪いから解放されたような、気持ちが救われたような不思議な感覚。

泣きたくないのに涙があふれだす。

「ごめんなさい、私……スーツ、汚しちゃいますから」

涙で濡らしては申し訳ないと思い腕から逃れようとする私を、七瀬ＣＥＯは離さない。

頭に手を添えて優しくなでながら「気にするな」と言った。

以前接してみて、多くの人が知らないだけで、きっと心根の優しい人なのだとは思っていた。

でも、こんなふうに優しくされると変な勘違いをしてしまいそうで怖い。

ふわふわと頭をなでる七瀬ＣＥＯに身を任せながら、これは間違いなく泣いた子どもをあやすような行動なんだと確信する。

少しずつ気持ちが落ち着いてくる中で、自分の行動にも驚いている。

今まで誰かにここまで本音を吐露した過去はなくて、それを自然と引き出されるようでビックリしている。

信頼感というか、安心感というか、不思議な感覚で……。

「ひとつ提案がある」

私の様子が落ち着いた頃、七瀬ＣＥＯが腕をほどきながら切り出す。

「偽装婚約の相手として、関係を続けてほしい」

「え……？」

それはどういう意味なのか。

突然のことで真意がわからず、じっと彼の顔を見上げる。

七瀬CEOはふっと薄い唇に笑みをのせた。

「どうだ」

「え、どうだって……あの、関係を続けるなんて、あのときは七瀬CEOのご依頼で婚約者のフリをしただけですから」

「それなら、また依頼だと言えば受けてくれるのか」

そう言われてしまうとなにも言えなくなり、言葉に詰まる。

「……たしかに、あのときと同じですから、務めさせていただくかもしれないです。でも、その必要は――」

「じゃあ決まりだ」

戸惑う私の声を遮るようにして、七瀬CEOがまとめる。

「そのほうが俺も都合がいい。今から君は、再び俺の婚約者だ」

急展開に、落ち着きを取り戻しつつあった気持ちがまた乱される。

「ですがCEO、私はあのときだけと思ったのでお受けしましたが、それが継続となると」

そこまで言ったところで、いきなり私のおなかが「ぐ～」と音を鳴らす。

つい反射的に「あっ」とおなかを押さえると、余計ごまかしがきかなくなった。

なんでこんな真面目な話をしてるときに⁉　しかも、おなかの音鳴るとか恥ずかしすぎる……！

案の定、七瀬ＣＥＯはくすっと笑みを漏らす。

一気に顔が熱くなって、隠すようにうつむいた。照明が暗いのが唯一の救いだ。

「下のレストランで食事でもしていこう」

七瀬ＣＥＯはそう言って、あの日のように私の手を取った。

4　落ち着けないランチタイム

新部署に異動となって一か月がたとうとしている。

先週までは教育係の先輩に指導してもらってきたけれど、新しい仕事も大分覚え、少し早いけれどもう独り立ちしていいと言われた。

「唐木田さん、もうお昼行ってね」

「あっ、はい。ありがとうございます！」

パソコンの画面にくぎ付けになっていた私に、近くの先輩が声をかけてくれる。没頭していて気づかなかったけれど、もうお昼休憩の時間に入っていた。周囲は続々とランチに出ていく。

とりあえず、ここまでにしておこう。

作っていた資料を保存してファイルを閉じる。

マッチングチームに来て、この一か月でいろいろな展開があった。

教育係の先輩にどうしてこの部署を希望してきたかと聞かれ、ぼんやりと構想にあった内容をなんとなく話してみた。

自分の経験や思いなども踏まえ、過去に結婚がうまくいかなかった人も安心して利用できる、真面目で誠実なマッチングサービスがあったら、というアイデアだ。

それをいつか企画に出せるようにがんばりたいと話すと、すごくいいからすぐに企画書を作ってみるといいと勧められた。

異動して間もないなどは関係なく、プレゼンにチャレンジしてみたらいいと背中を押してもらって早速企画書を作り始めたのだ。

仕事の合間の手の空いた時間や、帰宅後も進めている。やりたかったことだったから、家に持ち帰って作業するのもぜんぜん苦じゃないし、むしろ毎日が充実している。

昼食に行く支度をして席を立ったとき、手に取ったスマートフォンが震えだした。

画面には七瀬CEOの名前が表示されている。プライベートな番号からだ。

「……はい、唐木田です」

《お疲れさま。昼休みには入ったか》

「ちょうど今からオフィスを出ようかと思っていたところです」

答えると、向こうからは《よかった》と聞こえる。

《それなら一緒にランチでもどうだ》

「えぇっ、ランチ、私と、ですか？」

《そんなに驚くようなことを聞いたか？》

七瀬ＣＥＯは楽しそうに言う。

だって、それはもちろん驚く。仕事のお昼休みに、ＣＥＯとランチに出るなんて聞いたことがない。

《まぁいい、もうすぐそばまで迎えに来ている》

「えぇっ」

《エントランスホールで待っているよ》

「すぐに行きます！」

手荷物を持って慌ててオフィスを出ていく。

エレベーターで一階まで降りていくと、エレベーターホールの入口に本当に七瀬ＣＥＯが待っていた。

「お疲れさまです。どうされたんですか？」

ここのオフィスか、この近くに用があったのだろうか。

「どうって、一緒に食事がしたくて来ただけだが」

「そのためだけにですか？」

そう聞くと、七瀬ＣＥＯは不思議そうな表情を見せる。そして端整な顔に微笑を浮かべた。

「なんだそのおもしろい疑問は」

「え……おもしろいですか？　私は単純に驚いているだけで……」

なにかのついでではなく、わざわざランチのためだけにここまで来たなんて驚きしかない。

相手はCEOだというのに、自分の距離感がバグっているような気がして怖い。

「なにが食べたい」

「お任せします。食べられないものはないです」

「じゃあ、この向かいのビルに行こう」

並んでエントランスホールを歩きながら、耳の奥にこの間の言葉がよみがえる。

『偽装婚約の相手として、関係を続けてほしい』

あの後、私のおなかが鳴って場の空気は一転。七瀬CEOは展望エリアの下にあるフレンチレストランに食事に連れていってくれた。

他愛ない会話をしながら食事をし、その後はマンションまで送り届けてくれた。

食事中や車内で、展望エリアでの話の続きは出なかった。

私から話を蒸し返して聞くのもおかしいと思い、そのうちなにかの勘違いかもしれないと気にしないでおこうと思い始めた。

一見すれば交際しているふたりの仕事後のプライベートな時間。そんな感じだった。

その後、七瀬CEOは一週間ほど出張で渡米し、そろそろ帰国する頃だろうかという矢先のさっきの連絡だった。

正直、この間あの夜空と夜景を前にして言われた言葉は本当なのか、私の中で信じられない部分も大きく、時間の経過とともに現実味が薄れ始めていた。

婚約者のフリの続行を頼まれたのにはまたなにかわけがあるかもしれないけれど、私にとって七瀬CEOとの関わりはいまだにふわふわしている夢のような感覚がある。

エントランスを出て、向かいのビルへは近くの横断歩道を渡って向かう。

並んで信号待ちをしながら、ふと、周囲からの視線を感じる。

この辺りにはうちの会社の人間も多くいるし、それ以前に七瀬CEOは世間的に顔が知れ渡っている人。

メディアにも姿を出しているし、その上この容姿だから話題になった時期もある。

七瀬ホールディングスのCEOが女性といるというだけで変な噂を立てられるんじゃないかと、私のほうが心配になってくる。

落ち着かない気持ちで向かいの複合ビルに入ると、七瀬CEOはこの辺りでも人気のイタリア料理店に入った。

ランチ時ということもあり、店内はお昼を取る人々で賑わっている。

それでもタイミングがよく、待ち時間なくふたり掛けのテーブル席に案内された。

ご両親とお会いしたときと、先日のおなかを鳴らしてしまったとき、過去二回七瀬CEOとは一緒に食事をしている。

でも、こういった気軽な感じのお店は初めて。

七瀬CEOは先に私にメニューを手渡す。

「好きなものを」

「はい。では……この、ランチのガレットセットにします」

私が決めたものを「どれ」とメニューを覗き込む。

「俺も同じものにしよう」

「わかりました」

手を上げて人を呼ぼうとしたところで、七瀬CEOが先に手を上げスタッフを呼ぶ。

すぐにスタッフが気づき席へとやって来ると、七瀬CEOがスマートにオーダーを済ませてくれた。

「すみません、ありがとうございます」

「〝すみません〟は、口癖なのか」

「え？」

七瀬CEOがいきなりそんなことを聞いてきて戸惑う。

口癖ではないと思うけれど、もしかして結構言っちゃってる……？

「口癖では、ないと思うのですが……」

「今もなにもしていないのに言っていたぞ」

「今のは、私がオーダーしようと思ったところに、代わりにしてくださったからで」

「それなら、〝ありがとうございます〟だけでいいだろ？」

あ、そっか……。

「たしかに、そうですね。相手が七瀬CEOだから、それが自然現象というか……」

「なんだ、自然現象って。それに、その呼び方。仕事中はそれでいいが、プライベートな時間は名前で呼ぶのが普通だろう。婚約者なんだから」

さらりと言われた言葉で、この間の話は生きているのだと確信する。

「あ、あの……その件なのですが。婚約者のフリをするというお話は、本当に継続するんですか」

気にはなっていたけれど、あの後とくに話題に上がらなかったから自然消滅したと思っていた。

でも、もしかして七瀬ＣＥＯの中では進んでいた話なのかもしれない。この言い方なら間違いなくそうだ。

「もう少し人のいないところでしたい話だが、まぁいい」

「すみません、つい……」

席同士はそこまで近くはないけれど、たしかに小声で話すべき内容だ。

「この間の一件を目のあたりにして、君にとってそのほうがいいだろうと思った。今後、彼らがなにかしてこない保証はないだろう」

私の事情をくんでくれていると知り、申し訳なさが込み上げる。

「もちろん、こちらとしても都合がいいのが前提だ。あの食事会後、両親は結婚に関しておとなしくなった」

婚約者役としてご両親に会ってから、七瀬ＣＥＯは縁談を勧められるなど結婚について急かされなくなったらしい。

「君をいつ家に連れてこられるか、数日前もそんな話題が出たくらい気に入ったようだ。近いうちにまた、両親に会ってもらう可能性は高い」

「そうでしたか。そういう事情であれば、私でお力になれるのなら、前回のように務めさせていただきます」

七瀬ＣＥＯは小さくうなずき「ああ、ぜひお願いしたい」と言う。

「婚約者、ということになるんだ。慣れるまで仕方ないかもしれないが、対等に、ひとりの男として見てほしい」

真っすぐ見つめられてそんな言葉をかけられたら、心臓は驚いたように音を立てる。

対等に、ひとりの男としてなんて……！

いくら婚約者役とはいえ、七瀬ＣＥＯにはこうしてたびたび緊張を強いられそうだ。

なんと返答すればいいのか困惑していたところに、ドリンクが運ばれてくる。

七瀬ＣＥＯはブレンドコーヒー、私はアイスティーだ。

「わかり、ました。尽力します」

ドリンクを運んできたスタッフが立ち去ってから返答すると、七瀬ＣＥＯは「だから、その話し方も硬い」と私に突っ込んだ。

こうして向かい合って話をしていても、周囲からの視線を感じて落ち着かない。

なんとなく店内に目を配ると、必ず数人の人と視線がばちっと合うのだ。

もうこれは気のせいのレベルではなく、確実に注目されている。

オーダーしていたガレットがテーブルに届き、揃ってナイフとフォークを手に取る。

「ここのガレット、まだ食べたことがなかったんだ」

「そうなんですね」

「知花はあるのか」

ナチュラルに下の名前で呼ばれてまた鼓動が跳ねる。

「はい。前に一度だけですけど。人気店だからランチの時間は入れなかったりで」

直径三十センチ以上あるプレートの上にのる大きなガレットは、そば粉百パーセントの生地で外はパリッとしていて、中はもちもち。

今日のランチガレットは、卵に生ハム、上にはアスパラガスが丸ごと一本のっていて見た目もオシャレだ。ガレットの種類が豊富で選ぶのに悩むから、前回来たときもランチガレットを選んだ。

アスパラガスをナイフで切りながら、ふと視線を上げて七瀬CEOに目を向ける。

優雅に食事をする彼は、相変わらず周囲の様子にはわれ関せずといった様子。

でも、やっぱり周りからの視線を感じてならない。

少し離れた席にいる数人のグループの女性たちが視界に入り、そのうちのひとりがスマートフォンを不自然にこっちに向けてなにやら盛り上がっている。

「あの……もしかしたら、盗撮されているかもしれないです」

確信はないけれど、そんな気がしてこっそりと伝えてみる。

すると七瀬ＣＥＯは振り向いて確認しようとするそぶりもなく、「気にするな」と言う。

「別になにもやましいことはしていないし、撮られても困らない。よくあることだ」

こういう状況には慣れているのだと知り、内心驚く。

私にはわからない世界で生きている人だ。

「そうなんですか。でも、もし勝手に撮っていたら肖像権の侵害というか……」

「普段は、秘書が控えてもらうよう声をかけたりしている。でも、今は知花との時間を周囲を気にしすぎて台なしにしたくない」

思わぬ返答に、それ以上なにも言えなくなる。

余裕の笑顔まで見せられてしまい、動揺してすぐに返す言葉もリアクションも出てこない。ごまかすようにして食事の続きに取りかかった。

「ごめんなさい、私はこういう状況に不慣れで、会話もままならず……」

「周囲など気にする必要はない」

「ですが……人目が、どうしても……」

慣れの問題かもしれない。でも、どうしても今の私には難しい。

周囲が気になって落ち着かず、食事にすら集中できない。

「じゃあ次は、誰の目も気にならない約束を取りつけたい」

えっ……誰の目も気にならないって、それってどういう約束？

落ち着かない私とは対照的に、七瀬ＣＥＯはやっぱり周囲を気にせずそう言った。

＊　＊　＊

別れ際にぺこりと頭を下げた彼女の表情を思い返し、どこが失敗だったのかをずっと考えていた。

昼休みにランチに誘い、一緒に食事をする。誰にでも存在する、ありふれた日常のひとコマなはずだ。

しかし、彼女は終始ぎこちなかった。

人目を気にしていたのはわかったが、配慮が足りなかったか……。

「おかえりなさいませ」

執務室に戻ると、出がけと同じ秘書室のデスクに板東が掛けていた。

「ただいま。評判通りおいしかったよ、あそこのガレット」

「さようでございますか。それはよかったです」

「ああ、ありがとう」

執務室に入っていく俺の後を坂東がついてくる。

「ですが、浮かない顔をされています。お相手の方の口に合わなかったでしょうか?」

どうやらさえない顔を見せてしまっているらしく、板東が気にかけてくる。

彼ともう数年になる長い付き合いだ。

婚約者とランチに行くと出かけていって浮かない顔をしていれば、板東は秘書として心配するタイプの人間だ。

「いや、そうではない。ただ、少し不快な思いをさせてしまったかもしれない」

「不快、ですか?」

「ああ。人目が気になったようでな」

自分自身、生まれたときから特殊な環境で生きてきたから、それが特別だと気づいたのは物心がついた頃からだった。

人から注目を浴びるのにも慣れ、いつからかなんとも感じなくなっていた。

今日、彼女と一緒にいてそれが普通ではないと久しぶりに思い出した。

彼女にとって日常的で話しやすい、心を許してくれるような時間をつくりたいと思ってランチに誘った。しかし、それが裏目に出るとは……。

自分でも引くくらい、失敗したと落ち込んでいる。

女性との関係でこんなふうに悩んだことなど今まで一度もない。

「やはり、個室があるお店のお席を手配しておいたほうがよかったですね」

「結果的には、そうだったかもしれないな……。ただ普通にランチがしたかっただけなのに、こうも意図するものと違ってくるとは」

「七瀬CEO、お気持ちはよくわかります。ですが、周囲がそうさせてはくださいません。あなた様は、それほど世間から見たら特別な存在なのですから」

坂東からの言葉につい小さくため息が漏れる。

彼の言う通り。それも重々承知の上だ。

「ああ、わかってる」

とはいえ、やはり立場を取っ払った関係を築けるのが理想だと追い求めてしまう。

せっかくこうして近づけるチャンスが巡ってきているのに、棒には振りたくない。

彼女を初めて知ったあの日、優しくて誠意ある様子に心打たれ、そばにいる存在になりたいと瞬間的に強く思った。その気持ちは揺るがず、むしろ大きくなっている。

「もうすぐ、彼女の誕生日なんだ。その日を祝いたいと思ってる」

「お力になれることがありましたら、なんなりとお申しつけください。どこか場所を押さえますか」

「いや……考えていることがある。秘書という立場からではなく、ひとりの男性として意見を聞かせてもらえないか」

初めてそんな形で坂東に意見を求めたけれど、彼は「もちろんでございます！」と快く受け入れてくれた。

5　華麗なる縁談白紙

「じゃ、とりあえず乾杯しよう！」

「そうですね」

運ばれてきたふたつのビールジョッキは、白くなるほどキンキンに冷えていて見るからにおいしそう。

それぞれ手に持つと、彩子先輩が「じゃあ」と思いついたように言った。

「今日は、知花ちゃんの新たな門出が順調ということで、それに乾杯だね」

「え、そんな乾杯してもらっていいんですか」

「いいに決まってるでしょ！　じゃ、乾杯！」

グラスを重ね合わせ、お待ちかねのひと口目。冷たいビールが五臓六腑に染み渡る。

七月も中旬。

今年は平年より少し早い梅雨明けで、もう関東でも先週梅雨明け宣言が発表された。

すでに暑い日が多く、いよいよ夏本番だ。

冷たいビールがおいしい季節がやってきた。

今日は異動後初めての彩子先輩との飲み会で、串揚げ居酒屋に来ている。

私が落ち着いたタイミングで予定を合わせて会おうと、都合をつけてくれた。

異動後、オフィスが変わり顔を合わせなくなってしまったけれど、なにかと気にかけて連絡をしてくれていた彩子先輩。部署が変わっても変わらず面倒を見てくれる先輩になんてなかなか巡り合えないと思う。感謝しかない。

「がんばってるみたいじゃん」

お通しの枝豆を食べながら彩子先輩は「本当によかったよね」としみじみ言った。

「はい、おかげさまでなんとかがんばってます」

「人間関係は？　やりにくくない？」

「はい、大丈夫です」

「だよね、今までの環境に比べたら、みんないい人ってなっちゃうか」

まさにその通り。異動前の状況に比べたら、あれよりひどい職場なんて絶対にないと言いきれる。

「なんかさ、いろいろ聞いた話があって。知花ちゃんと同じタイミングで異動になったあのふたり」

「なんかあったんですか？」

元夫と、後輩女性のことだ。

私は今のオフィスにふたり揃って現れて以来会っていないし、なんの情報も得ていない。

「原田くんはさ、茨城に飛ばされたじゃん？　その新しい部署でかなり態度悪いみたいでさ。私の同期が茨城のオフィスにいるんだよね、結婚して向こう住みになったから勤務地向こうに異動してもらった友達なんだけど。その子から連絡きてさ」

「え、態度悪いって？」

「勤務時間中にすぐどっか消えちゃって、サボってたりとか。あと、急な欠勤とかも多いらしくて。あと、その連絡くれた日なんて上司に暴言吐いたらしいの」

「えぇ……ひどいですね」

私のところに来たときも文句を連ねていたけれど、異動先でも迷惑がかかるような勤務態度のようだ。

「それに、三ツ橋さんも」

「えぇ？　そっちも？」

「うん。彼女のほうも欠勤が多いみたい。男と引き離されてやる気なくなっちゃったんじゃないの？」

彩子先輩は嫌みっぽく言いながらジョッキを掴む。

三ツ橋さんがコミュニケーションチームにいた頃は目立った欠勤などなかった。

彩子先輩の言うように、久志と離れたからなのかもしれない。

だとすれば、そんな浮ついた事情で職場に迷惑をかけているなんて異動早々失礼すぎる。

「まぁ、どっちも自業自得だからね、こうなったのも。あのふたりが一緒にいるのって、周りにもよく思ってる人いなかったし、みんな口には出さないけど引き離されて正解って思ってるよ。もしかしたら、多数クレームがあっての異動かもね」

そういえば、以前七瀬ＣＥＯが言っていた言葉を思い出す。

『彼らの勤務態度の悪さは耳にしていた』

彩子先輩の言うように、多方面から情報が入っていたのかもしれない。

「そんなことよりもさ、知花ちゃんが新しいチーム順調みたいでよかったよ。言ってた新サービスの企画案は進んでる？」

「はい。チーム長に企画を提出したら、新サービス案としてプレゼンを予定しようと言ってもらえて」

「えー！　すごいじゃゃん、異動早々に」

頭の中にあった構想をチーム内で話してみると、形にしてみたほうがいいと勧められ企画書を作った。

それを見たチーム長から絶賛をもらい、新サービスの提案として社内プレゼンをしてみてはどうかと背中を押してもらった。

上層部も交えてのプレゼンは今まで経験がないから緊張するけれど、せっかくのチャンスを棒に振らないようにがんばりたい。

チームのメンバーや上司がみんないい人ばかりだから、こんなふうに異動間もなくしてチャレンジさせてもらえている。

本当にありがたい環境だ。

「それって、前に話してたバツありの人向けのマッチングサービスでしょ？」

「はい、そうです」

「そっかー。うまくいって実現したらいいね。楽しみだな」

「ありがとうございます。がんばります！」

テーブルには、オーダーした串揚げが運ばれてくる。

うずらの卵、しいたけ、アスパラガス、イカ、豚ロース……。どれも揚げたてでおいしそう。

「あ、そういえばあの話はどうなったの？　実家に帰って、お見合いって話。もうすぐお盆休みもあるし」

　彩子先輩はうずらの卵の串揚げを手に取りながら話題を変える。

　前回飲みに行った後、彩子先輩にはお見合いの話の続きをしていない。

「前に話した直後、ゴールデンウイークに帰ってきてって言われたんです。相手の家族と食事会をするからって」

「え、盆休みどころかゴールデンウイークに早まったんだ。帰ったの？」

「まさか、帰らないですよ。仕事で帰れるほどの時間ないってごまかしました」

「そっか。じゃあ、そろそろお盆の予定聞かれる頃じゃない」

　彩子先輩の言う通り、そろそろ実家から連絡がきそうな時期だ。

　お盆休みには、いよいよお見合いをセッティングされそう。

　これまで逃げてきたものの、次はどうしようか悩む。

「お盆休みも、仕事で帰れないって言うしかないかなって……」

「えー。でもさ、実家に帰省したくないわけじゃないし、ただお見合いを避けてるだけじゃん？　そのせいで帰りづらいのは困るよね。その見合い話がなくならない限り、ずっと帰れなくない？」

「そうですね……」

その通りだ。

お見合いはしないとはっきり言っても、両親は聞き入れてくれなかった。おかげで実家に帰りづらくなっているのは間違いない。

お見合い話が消滅しないと……。

「知花ちゃん、今いい人いないの？」

「えっ」

「いればさ、ほら、ご両親にもお見合いはできないって強く言えるでしょ？」

「そういう相手は、いないですね……」

そう答えながら、頭の中に七瀬ＣＥＯが浮かんできて、ごまかすようにビールジョッキを手に取り喉に流し込む。

いやいや、なんであの方が出てくるの……！

『必要があれば、その見合いを中止にする手伝いもするぞ』

初めて婚約者のフリをしたとき、彼はそんなことを言っていた。

印象的で、その言葉ははっきりと覚えている。

だから今、彼のことが頭に浮かんだのかもしれないけれど……。

だとしても、七瀬ＣＥＯにお見合いを阻止してもらう依頼なんて私から頼みにくい。

いくら手伝うなんて言われていても、さすがに……。

「そっかー。じゃあ、早いところそういう人を見つけて、ご両親にはあきらめてもらわなきゃねー」

「そうですね……なかなか、難しいと思いますが……」

盆休みも近づく中で、今度はどう帰省しない理由をつくろうかと考え始めていた。


七月最後の金曜日。

「ありがとうございました」

会議室を出ていく面々に頭を下げて挨拶する。

企画書が通りプレゼンが予定されてから、早二週間。業務以外にも今日のために準備を進める日々は多忙であっという間だった。

従来のマッチングサービスとは異なる、結婚経験者向けのマッチングサービスの提供。業界ではまだお目見えしていないサービスの内容に、プレゼン後の質疑応答では多くの質問が上がった。

称賛の声もかけてもらい、それだけで企画が通ろうと通るまいと達成感しかない。

「お疲れさま」

この後は会議室の利用がないと聞き、焦らずに撤収の準備をしていると、誰もいなくなったはずの空間で声をかけられた。

「七瀬CEO、お疲れさまです」

会議室を使う予定ができたのだろうか。それなら早く片づけなくてはならない。

少し明るめなネイビーのスリーピースに、ブラウンのペイズリー柄のネクタイを着用する七瀬CEOは今日もオシャレな着こなしだ。

「プレゼン、見させてもらっていたよ」

「えっ、そうだったのですか？」

知らぬ間に見てもらっていたらしい。プレゼン中はいっぱいいっぱいだったから、気づかなかった。

「すみません、見ていただいていたのも気づかずで」

「見つからないように見ていたから。いいプレゼンだった」

七瀬CEOによかったと言われ、今日一番の達成感と安堵が広がる。

「君ならではの、いい切り口のサービスだと思った。実装する価値はあると思う」

「え……本当ですか？」

「ああ。これは、プライベートな付き合いがあるからとかの特別扱いはいっさいなしで言っている。たとえ君と顔見知りでなくても、この企画は実現に一票投じていた」

こんなに絶賛してもらえるとは思わず、胸打たれる。勢いあまって「ありがとうございます」と頭を下げた。

「今後に期待している」

「はい。ありがとうございます」

「今日はこれからオフィスに戻って退勤か」

「はい、そうですね」

時刻は十七時を回っている。

今日はプレゼン後、仕事が終われば退勤していいとチーム長に言われていた。

「スマホ、鳴ってる」

置いておいたスマートフォンが振動していて、先に気づいた七瀬ＣＥＯが知らせてくれる。

「すみません」

慌てて手に取ると、表示されているのは母の携帯番号だった。

さっきプレゼンの最中にも着信があり、スルーしていた。

こんなに何度もかけてくるなんてどうしたのだろう。

不思議に思っていると、七瀬ＣＥＯが「かまわず出ていい」と言ってくれ、ひと言断って通話に応じた。

「はい、どうしたの？」

《あ、知花？ まだ仕事かしら、ごめんね》

通話の向こうはどうやら外のようだ。騒々しい。

「さっきは仕事中だったから出られなかったよ、ごめん」

《もう終わるの？ それならよかった。今ね、東京に出てきてるのよ》

「えぇ？ 東京に来てるの？ 今？」

聞き間違いかと願いつつ、聞き返す。

《明日までいる予定なのよ。もっと早く連絡すればよかったわよね》

「本当にこっちにいるの⁉」

私の話し声に、隣にいる七瀬ＣＥＯがじっと顔を見つめてくる。

《そんなに驚かなくても。で、こっちで知花に会えたらと思って。この間のゴールデンウイークも、忙しくて帰ってこられなかったから、食事でもどう？ お父さんも一緒よ》

「そんな、いきなりこっちに来てるなんてびっくりだよ。別に、食事は大丈夫だけど……」

《本当？　どこかいいところ連れていってよ。それに、縁談の件もちゃんと会って話したいし》

このタイミングでまた例のお見合い話が出てきて、ついため息をついてしまう。

「だから、その話は私はもう断ってるのに」

横から肩を叩かれて振り向くと、七瀬ＣＥＯが黙ったままうなずく。

私の表情からなにかを察したようだ。

《そんなこと言わないで、ね？　じゃあ、今から会いましょう》

「うん、わかった。とりあえず、まだ退勤してないから、少ししたらかけ直すから待ってて」

いったん話をまとめ、通話を終わらせた。

「すみません、プライベートな通話を」

「ご両親が東京に出てきているのか」

そう聞いた七瀬ＣＥＯは「悪い、盗み聞きみたいな形になって」と謝る。

「いえ、ここで話したのは私ですから。そうなんです、両親が東京に出てきているようで、今からどこか食事でも案内してと……」

「縁談の話もしようと？」

そこまで知られているとは思わず、あからさまに驚いた顔を見せてしまう。

今の私の応対で感じ取ったのだろう。

「はい。いまだ、話を進めようと粘られていて……」

「その縁談、君は白紙にしたいんだな？」

「したいですし、するつもりです。仕事も、やっと自分なりにビジョンが見えてきて、もっとがんばりたいって思えているところなのに、実家に帰って結婚なんて、考えられないですから」

私の主張を黙って聞いてくれていた七瀬ＣＥＯが、綺麗な顔に微笑を浮かべる。

「よく伝わった。それなら、力になりたい」

「え……？　力に？」

「君の交際相手として、今からご両親に挨拶させてもらいたい。本命がいると知れば、ご両親も見合いをあきらめてくれるんじゃないか？」

え……えぇぇぇ!?

思わず叫びそうになったけれど、なんとか心の中だけにとどめる。

「本当ですか？」

「このタイミングで冗談を言うと思うか？」

「それは……言わないと思います」

ふっと笑った七瀬ＣＥＯに、鼓動が鳴り始めたのを感じる。

「帰宅すると伝えてくる。下の駐車場で待っててくれ」

そう言い残し、七瀬ＣＥＯは会議室を出ていった。


今から本当に七瀬ＣＥＯが両親に会うのだろうか。

半信半疑のまま駐車場で待機していると、程なくして本当に七瀬ＣＥＯが現れた。

私を車に乗せてまず私の勤めるオフィスに向かい、退勤してくるのを待ってくれる。

急いで彼のもとへ戻ると、運転席でスマートフォンを操作していた。

「お待たせしました」

「今、君のスマホに予約をした店を送った」

「お店、ですか？」

スマートフォンを取り出し、メッセージアプリを確認する。

七瀬ＣＥＯから届いていたのは、銀座《ぎんざ》にある日本料亭の公式ホームページリンク。

「今、連絡をして席を用意してもらったから、ご両親にこちらへ来てもらえるように伝えてほしい」

「わかりました」

両親が東京に出てきていたことも、七瀬ＣＥＯが今からその両親に会ってくれるというのも、急な展開すぎて頭がついていけない。

「なんか、急にこんな……すみません、お忙しいのに」

「言っただろう。必要があれば見合いを白紙にする手伝いもすると。知花だって同じような役を買って出てくれたんだ」

「そうですけど……」

「これでおあいこになる」

手に持っているスマートフォンが震え、目を落とすと場所を知らせた母からのメッセージを受信していた。

【今から向かうけど、こんなすごい料亭に行くの？】

検索して驚いたのだろう。銀座の一等地にある老舗料亭だ。

大丈夫だからそこに来てほしいと返信をし、スマートフォンをバッグにしまった。

程なくして、七瀬ＣＥＯが運転する車も目的地付近の駐車場へと車を入れる。

「大丈夫でしょうか……。たぶん、相当驚くかと」

「大丈夫だ。俺に任せて、知花は話を合わせてくれてさえいればうまくいく」

七瀬CEOは自信たっぷりの様子。

以前、七瀬CEOのご両親と会うことになった私とは大違いで、どっしりと余裕で構えている。

やっぱり、私とは器が違うのだ。

七瀬CEOの後について向かった料亭には、まだ両親が到着している様子はない。

「七瀬様、お待ちしておりました」

会食などでの利用があり、顔なじみなのかもしれない。七瀬CEOがやって来ると店頭のスタッフが丁寧に挨拶をした。

そんなときだった。

「知花?」

後方から母の声が聞こえ、驚いて振り返る。

「やっぱり知花だわ、お父さん、ここで合ってたわよ」

エレベーターホールから現れた両親が揃ってこっちにやって来る。

私を見つけた次に注目しているのは、隣にいる七瀬CEOの存在。

対面すると、七瀬ＣＥＯも両親も互いに頭を下げた。

「お待たせしました」

そう言いながらも、母の顔には〝この方はどなた？〟とはっきり書いてある。

食事をする場所の案内はしたけれど、その場に誰か人を連れてくるとは伝えていなかったからだ。

「ご足労いただきありがとうございます。申し遅れました、わたくし――」

七瀬ＣＥＯは慣れた所作で名刺を取り出す。

「七瀬と申します」

「ご丁寧に、ありがとうございます。……ナナセコミュニティのＣＥＯ兼ナナセホールディングスの専務取締役!?」

名刺を受け取った両親は揃って目ん玉が落ちそうな顔を見せる。

「ご挨拶は席でさせてください。どうぞ」

七瀬ＣＥＯが両親に入店を勧め、スタッフが個室の席へと案内していく。

これから盛大な嘘をつこうとしていることに不安が募る。

そんな心情が顔に出ていたのかもしれない。七瀬ＣＥＯが私の背にそっと触れる。

『大丈夫だ』

そう言ってくれているような表情を目に、少しだけ心が落ち着いた。

個室に案内された両親は、揃ってカチコチに固まりながら席に着く。

あたり前だ。予告もなく突然現れたのは、娘の勤め先のＣＥＯ。

私が初めて七瀬ＣＥＯと対面して話したときも、きっと今の両親のように緊張していたのだろう。

スタッフからドリンクのオーダーを聞かれ、動揺する両親に七瀬ＣＥＯが間に入ってくれる。

「もし、アルコールに不得意がないようでしたら、店側におすすめのものをお願いしましょうか？」

七瀬ＣＥＯから丁寧に問われ、両親は揃って「お願いします」とお任せでオーダーする。

「知花は？」

「あ、私は七――」

言いかけて、いけない！と気づく。

この場合、ちゃんと下の名前で呼ばないとせっかくのセッティングが台なしだ。

「裕翔さんと同じものでお願いします」

「わかった」

ドリンクのオーダーが済み個室内が四人だけになると、七瀬CEOが話を切り出す。

「すみません、改めてご挨拶を。七瀬裕翔と申します」

七瀬CEOの挨拶に、両親は「知花の父です」「母です」と続けて挨拶を返す。

「知花さんには、わがナナセホールディングスに大変尽力いただいております。ご両親にも、こうして直接ご挨拶させていただく機会があり大変光栄です」

「そそ、そんな！　こちらこそ、知花がいつも大変お世話になっております」

基本的にいつものほほんとしている父が、こんなにもかしこまって言葉を並べている姿は見たことがない。

「あの、最高経営責任者の七瀬さんが、知花と……？」

母は恐れ多いのか、はっきりと質問が言いきれない。でも、いったいどういう展開なのかを今すぐ知りたい様子もうかがえる。

ここまで私がずっと黙っている状態も不自然だと思い、「あのね」と意を決して話に入っていく。

せっかく七瀬CEOが縁談を白紙にする手伝いをしてくれているのだ。すべてお任せでは非常に失礼。私だって、ちゃんと縁談を取りやめにしてもらうために動かなくてはいけない。

両親が私に注目する。七瀬CEOも私の言葉を待ってくれているように微笑を浮かべていた。

「縁談をやめてほしいと言ってたのは、裕翔さんとお付き合いをさせてもらっているからで……」

「CEOと⁉」

母は食いつくように驚いた声をあげる。

嘘でも自分で口にした言葉に打ちのめされそう。それくらい威力がある。

「実は、ビジネスの場ではなく、プライベートな場面で知花さんとは知り合いました。お互いの立場関係なく交友を深めたんです」

この話は、きっと七瀬CEOがご両親に話した設定とおそらく同じなのだろう。

どこでと聞かれたら、クッキングスクールだと答えるはず。

しかし、うちの両親にその余裕は皆無で、ふたりとも詳細も聞かずに「そうだったのですか」と聞き入っている。

「ですので、私が彼女の勤め先のCEOだろうと、知花さんは私をひとりの人として見てくれています」

互いの立場は関係なくお付き合いをしているという話に、両親は感心したようにうなずいている。

「あの、でも、うちの子はもう……」

母は、私が一度結婚していると伝えたい様子だ。

もし七瀬ＣＥＯがその事情を知らなければ、この場がおかしな雰囲気になってしまうのを危惧したのだろう。曖昧な言葉で質問をしている。

「ご安心ください。知花さんの過去の事情もすべて知った上で真剣交際をしています」

さすが七瀬ＣＥＯだ。母の微妙な聞き方ですら読み取り、安心できる完璧な答えを返す。

「そうなんですか？　バツがありますが、そんな娘でも」

「私の知る限り彼女に非はなかったかと。こう言っては不謹慎ですが、知花さんを手放してくれて私としては感謝しています。こうして知り合うことができましたから」

私が七瀬ＣＥＯの立場だったら、こうも心を動かせる言葉がすらすらと出てこない。

現に、両親は感動したような表情で彼の言葉に聞き入っている。

「そんなふうに思ってくださって……知花も、いろいろありましたので、そう言っていただけると救われます」

さまざまな思いが巡ったのか、母は目に涙を浮かべ始める。

「ちょっと、お母さんっ」

「だって、お母さんうれしくて。こんなふうに言ってくださる方と、知花が……」

バッグからハンカチを出して目頭を押さえる母を前に、胸が押しつぶされるように重苦しくなっていく。

七瀬CEOとの関係はあくまで偽装。いずれ、彼とはどうにもならなかった現実に、両親は悲しむのかもしれない。

それがわかっていてこんなふうに騙《だま》すような形になっているから、息苦しさを感じても仕方ない。

「今日はご両親が東京に来られていると知花さんから聞いて、勝手に席を用意してしまい申し訳ありません。ですが、こうしてご挨拶ができてよかったです。ありがとうございます」

「七瀬さん、こちらこそありがとう」

父はその場で深々と頭を下げる。

「七瀬さん、こんな娘ですけど、どうぞ末永くよろしくお願いします」

部屋前から「失礼いたします」と声が聞こえてきて襖が開く。

着物のスタッフがふたり、注文したドリンクとコースの料理を運んできた。

ちょうどきりのいいところで食事が始まる流れとなり、和やかな雰囲気で乾杯のグラスを手に取った。


二時間ほどの食事は終始穏やかで、両親は今日会ったときとは別人のようににこにこしながら七瀬CEOが用意してくれたタクシーで宿泊しているホテルへと帰っていった。


「今日は、ありがとうございました」

両親たちを見送った後、私たちも駐車している車へと乗り込んだ。

これだけ仕事後の貴重な時間を奪ってお世話になり、申し訳なさすぎて現地から自分で帰宅すると申し出たものの、七瀬CEOは私をマンションまで送ると言う。

「今日、プレゼンの後に声をかけなかったら、食事をしたご両親に見合いの説得をされていたんだろうな」

七瀬CEOはそう言ってふっと笑う。

「はい……少し前に、母からこんなメッセージが」

ちょうど信号で停車したところで、スマートフォンの画面を見せる。

薄暗い車内で、七瀬CEOの薄い唇に笑みが浮かぶのを目にした。

「一件落着、だな」

さっき両親を見送った後、すぐに母からメッセージが届いた。

【縁談の件は、先方には事情を話しておくから。七瀬さんには、今日のお礼を伝えておいてね】

いくら断ってもわかってもらえず、じわじわと勝手に話が進められていた縁談も、七瀬CEOのおかげでやっと白紙に戻ろうとしている。

あれだけしつこかった両親があきらめてくれたのだから、やっぱり七瀬CEOの存在は絶大。

交際相手として挨拶をしてくれると言われたときは動揺したし、そんなこと頼めないと思ったけれど、お願いして本当によかった。

「七瀬CEOのおかげです」

「そう言ってくれるのはうれしいが、いつその呼び方をやめてくれるんだ？」

「あっ……」

話の流れをうまく使って、さらりと指摘されて口ごもる。

「すみません、つい」

「ご両親の前でも危なかっただろう」

いつも通り〝七瀬ＣＥＯ〟と呼びかけて下の名前に呼び直した。

気を抜くと危ないのは自覚していたから、さっき両親たちといる時間は気を張っていた。

「いいかげん気をつけないとまた言われてしまう。仕事以外の時間は名前で呼ぶように。またいつ親たちと会うかわからないからな」

「そうですね」

そんな話をしている間に、いつも通勤で歩くご近所の景色が窓の外に見えてくる。

「でも、これでお盆休みも気兼ねなく実家に帰れます」

「今度は、俺とはいつ結婚するんだとせっつかれるかもしれないな」

「それは、うちの両親ならありえそうですが……うまい感じに、ご迷惑にならないようにしますので」

縁談だってしつこいほど打診してきたくらいだ。

実際に食事までして、あんな完璧な挨拶をしてもらったら、再婚はいつかと言われかねない。

裕翔さんに迷惑だけはかけないようにしないと……。

「まぁ、なにかあれば相談すればいい。婚約者ということになっているんだからな」

マンション前に車が停車する。

シートベルトをはずしていると、裕翔さんは「来月……」と切り出した。

「誕生日、予定はあるのか」

「誕生日ですか？　いえ、とくには」

急になんの話だろうと思いながら返答する。

今年はちょうど自分の誕生日は休日にあたるなと確認はしたものの、とくになんの予定も入っていない。

「君の誕生日を祝いたい」

「えっ……私の誕生日を、ですか？」

思いもよらぬことを言われ、反応に困ってしまう。

私の誕生日は、以前、彼のご両親に会う前に基本情報として教えたけれど、祝いたいだなんて言われると思わなかった。

それは、〝婚約者という形になっている〟から……？

「とくに、予定はないです」

素直に答えると、裕翔さんは「よかった」と微笑む。

クールな表情が標準なのに、こんなふうに笑みを見せられると無性にドキドキする。

これは絶対に反則だ。

「じゃあ、私そろそろ行きますね」

シートに浅く腰を掛け直し、最後にもう一度今日のお礼を告げる。

「裕翔さん、今日は、本当にありがとうございました」

「もう行くのか」

「え……？」

裕翔さんの手が私の手に触れ、薄暗い車内で視線が重なり合う。

自分の鼓動が大きく打ち鳴っていくのを感じながら、腕を引かれていた。

「七瀬ＣＥ――」

目の前に影が落ちたと思ったら、傾いた顔が近づき、そこで声は途切れる。

あまりに自然な流れすぎて、警戒する間もなかった。

触れ合った唇はすぐ解放され、代わりに端整な顔をこれまでで一番近くで目にした。

「な、なぜ……」

キスなんてするのか。その続きの言葉が出てこない。

でも、裕翔さんはそれがわかっていたようにわずかに口角を上げた。

「お互い大人なんだ。〝婚約者ごっこ〟をするなら、キスくらい問題ないだろ?」

「く、くらいって!」

彼に対して、初めて抗議らしい声をあげたかもしれない。

裕翔さんはそんな私の様子がおかしかったのかくすっと笑う。

「お言葉ですが、そういうことは特別に想っている相手にしかしないと私は考えるタイプの人間で、なので、裕翔さんにはたいしたことじゃないかもしれませんが――」

「もちろん」

ぽつぽつと言葉を紡ぐ私の唇の前に、今度は長い人さし指があてられる。

数十秒前とは一転、裕翔さんは真剣な表情で私の目を真っすぐ見つめた。

「特別に想い始めてる。それが大前提だ。誰にでもするわけじゃない」

瞬《まばた》きを忘れるほど驚いて、彼の顔から視線をはずせない。

同時に顔や体が熱くなるのを感じて、ハッとわれに返った。

これ以上どうしたらいいのかわからず、「失礼します」とつぶやいてそそくさと車を降りる。

「ありがとうございました」

最後にもう一度お礼を言って頭を下げ、ドアを閉めた。

今日は帰っていく車を見送る余裕がなく、そのままエントランスを抜けエレベーターに乗り込む。

自分の居住階に降り立ち共有廊下からマンション前を見下ろすと、ちょうど黒塗りの高級車が走り去るところだった。

6　ふたりきりのサプライズバースデー

八月、盆休み。

今年は後半の三日間を実家へと帰省する予定にして、二泊三日の滞在を計画。

例の縁談話は消失し、無事に帰ることができた。

当初はどうごまかして帰れないと言おうか頭を悩ましていたけれど、それももう考えなくて済むようになった。

「なに、にこにこ人の顔見て」

実家最後の晩、家族で食卓を囲んだ後、リビングでくつろいでいると母が私の顔を見て笑みを浮かべている。

今回帰省して、母はずっとこんな調子だ。終始機嫌がいい。

「知花が、あんな地位のある方とお付き合いしているとはいまだに信じられなくて。しかも、あんな一般人とは思えないイケメンで」

「イケメンて、お母さん……」

「え？　じゃあなんて言うのよ。韓流スターみたい、とか？」

ひとり盛り上がる母を前に、ついため息が漏れ出る。

こうしてわざわざ話題に出るほど、裕翔さんが眉目秀麗でモデルみたいな人だとは私も常日頃思っている。

母は普段、あまりこういうことを言わないタイプの人だから、やっぱり裕翔さんはずば抜けているのだ。

「もう、それでそんな満面の笑みだったの？」

疑惑の目を向けて抗議すると、母は「やだ、違うわよ！」と言い返す。

「いや、よかったなって、思ってさ」

「それ、今回帰ってきてから何回言ってるの」

帰ってきて会うなり『本当によかったわね』から始まり、もう何度も『よかった』と言われている。

「だって、ずっと心配してたから。離婚した後のあなたの顔思い出したら、自然とそんな言葉も出てくるわよ。なんとかしなきゃって、私が思うくらいだったんだから」

そこまで過保護に育てられたわけでもなく、母はどちらかといえば私に自由にやらせてくれるタイプの親だった。

そんな母にこう言わせてしまうほど、離婚当初の私はひどかったのだろう。

不幸のどん底に落ちた娘を、なんとかもとに戻したい。幸せになってもらいたい。

その思いが強く、きっと縁談も考えてくれたのだろう。

まだ親になったことのない私にはわからない感情もあるけれど、母なりに心配や不安を抱えていたのだと思う。

そしてなにより、私の幸せを願ってくれているのが伝わる。

「でも、すてきな人に出会って、人生やり直せそうなら安心よ」

「お母さん……」

「静かに、応援してるからね」

どうしてもモヤモヤした気持ちになってしまう。

私と裕翔さんが現実的にどうにかなるのはありえない。

だけれど、こうして安心してくれた母を前にすると、一日でも長く穏やかな気持ちでいてほしいと切に思う。

波風を立てず、このままフェードアウトしていくように終われば、きっと……。

「うん、ありがとう」

具体的になにかを約束するようなことは言えない。

感謝の気持ちに、心配しないでという思いを込めた。

夕食後にお風呂に入り、自室のベッドに入ったのは二十三時前。

横になってSNSの投稿を眺めていると、画面が着信画面に切り替わる。

裕翔さんからで、思わず上体を起こした。

「はい、もしもし」

《こんばんは》

久しぶりの裕翔さんの声。

耳ざわりのいい低い声は、通話で聞くとより落ち着いて聞こえる。

「裕翔さん、こんばんは」

《久しぶりの実家は満喫しているか》

「はい、おかげさまで」

私からの返事に《そうか》と言った彼がくすっと笑う気配を感じ取る。

そんな優しい様子に、鼓動が高鳴り始めていくのを感じた。

《この間の約束の件で連絡した。あさって、大丈夫そうか》

あさって、八月十七日は私の誕生日。

この間、突然両親が東京に出てきて、裕翔さんが一緒に会ってくれた日の帰りに聞かれたこと……。

『君の誕生日を祝いたい』

その話はまだ生きていたようだ。

「はい。明日、帰るので……あさっては大丈夫です」

《わかった。じゃあ、あさって、午後に迎えに行く。詳細はまた連絡を入れる》

「わかりました」

裕翔さんは最後に《気をつけて戻るように》と言い、通話を終わらせた。

話し終えると、心臓がドキドキと鼓動しているのに気づかされる。

一度は終わったはずの裕翔さんとの関わりは、なんだかんだ今もなお続いている。

初めて執務室に呼び出され、婚約者としてご両親にひと芝居打ってほしいと言われたあのときは、私の中ではひとつの仕事、業務命令というつもりで挑んでいた。

そこには、私の異動という条件も含まれていたのが大きい。

それになにより、あのときは彼は冷徹な人で、脅しめいた言い方をされたと感じて、断ろうという選択肢などなかった。

無事に役目を果たし、いつも通りの日常に戻ると、あの一日は幻だったと思えるほど私には非日常の出来事として遠ざかり始めた。

でも、終わったはずの縁は続いていて、今も私の日常に彼が存在している。それがやっぱり信じられない。

誕生日を一緒に過ごすって、なんか特別みたいで勘違いしそうだな……。

お互いに親に交際相手だと偽る関係となった今、裕翔さんとは秘密を共有する不思議な関係性となっている。

始まりは仕事の一部だと思っていたけれど、今はなんだかそれとはちょっと違う。

『特別に想い始めてる。それが大前提だ。誰にでもするわけじゃない』

この間の別れ際に言われた言葉が、耳の奥に残って離れない。

離れないどころか、そればかり考える始末。

あのとき、その真意を聞く勇気はなかった。できるはずない。

でも、聞けていたらこんなにぐるぐる考えずに済んだのだろうか。

特別に、なんて言われて意識しないほうが難しい。

それに、あのときの口づけはもっと忘れられなくて困っている。

車内に漂っていたどこか甘い空気。なにかが起こる予感みたいなものはたしかに感じていた。

逃げることだって、拒否することだってできたはず。

でも、私はそれをしなかった。

警戒しなかったわけではない。そうなってもいいと、どこかで思っていたのだ。

それはもう、彼の存在を意識し始めている証拠。

そう気づいてしまった今、裕翔さんへの想いは少しずつ募り始めている。

だけれど、この気持ちは自己完結させなくてはならない。

叶わない、許されない想い。

私の感情を引き留めているのは、彼が自社のCEOだという圧倒的な身分差。だから、きちんと葬るに決まっている。

これ以上、好きになってはいけない。好きになればなるほど、最後は自分がつらい思いをするから。


帰省先から東京へ戻った翌日。

今日でお盆休みも最終日、そして、私の二十八回目の誕生日。

午前中はスーパーに買い出しに行き、いつも通り平日帰宅後に食べる常備菜や冷凍弁当の用意をした。

誕生日の休日でもやることは通常通り。明日からまた始まる日常生活に備えておかないと、疲れて帰宅して後悔するのは自分自身だからだ。

家事が一段落したのは、十三時を回った頃。

今日も朝からとんでもない猛暑で、近くのスーパーに行って帰ってくるだけで簡単に汗ばんだ。それからキッチンで火を使ったりもしたから追い汗をかき、さすがにこの状態で着替えて出かけるのは気が引けるから、汗を洗い流して綺麗にしてから支度をすることにした。

シャワー後、顔にフェイスパックを貼って、髪を乾かしていく。

昨晩の入浴後もフェイスパックをした。

パックなんて普段はしない。なにか予定の前とか、特別なときにしか基本は使わないけれど、昨日はとくになにも考えず顔に貼っていた。

無意識に、今日が裕翔さんと約束の日だというのがあったのだろう。

普段より丁寧にメイクもして、髪もヘアオイルで整えて毛先だけ軽く巻いていく。

コーディネートは、最近ひと目惚れで購入したホワイトのドット柄ロングワンピースにした。

身支度と出かける用意が完了したのは、十四時半を回った頃。

昨日の晩に届いたメッセージによると、十五時あたりに迎えに来てくれるそうだ。

ちょうどいい頃合いで支度を終え、ホッとソファに腰を下ろした。

裕翔さんに直接会うのは、両親と食事をしたとき以来。

メッセージのやり取りや電話では話しているけれど、顔を合わせるとなるとやっぱり今でも緊張する。

通話で声を聞いただけでもドキドキしたのに、会ったらきっともっと……。

刻々と迫る約束の時間を前にそんなことを思い始めると落ち着かなくなってきて、無駄に立ち上がり自分の姿を再度チェックし始めたりする始末。

そうこうしているうちにスマートフォンが鳴り、裕翔さんから到着したというメッセージを受信した。

今出ていくと返信をし、そそくさと部屋を出る。

夕方近くなってきても、一歩外に出ると熱気に襲われる八月中旬。

せっかくシャワーを浴びたけれど、これではすぐにまた汗ばみそうだ。

エレベーターを待ち、一階へと向かっていく間にもすでに緊張が生まれて鼓動を高鳴らせていく。

エントランスに出ていくと、前回送り届けてもらったときと同じ場所に、今日は白いボディの車がハザードランプを点灯させて停車していた。

出てきた私に気づいたのか、運転席の扉が開く。

降りてきた裕翔さんは、グレーのスーツで、爽やかなブルーのシャツにネイビーのタイ、ジャケットを脱いだベストの姿だ。

ここに来る前、仕事があったのかもしれない。

「誕生日おめでとう」

顔を合わすなり、開口一番お祝いの言葉をくれる。

うれしくて照れくさくて、足を止めて「ありがとうございます」と頭を下げた。

「すみません、お待たせしました」

「今着いたばかりだ、待ってない」

いつものように助手席側へと回り、ドアを開けてくれる。

お礼を言って乗車すると、すぐに運転席のドアが開いた。

「お仕事だったんですか？」

「ああ、昼過ぎに一件、人と会う約束があったんだ」

私たち社員のように、裕翔さんはお盆休みなどの連休はきっとない。

なにかあれば休日ですら動くことも少なくないのだろう。

「そうでしたか。お忙しいのに、今日はありがとうございます」

「なにを言っている。今日はもとから約束をしているんだ」

私との約束を大切に思ってくれているような発言に心が揺れる。

素直にうれしくて、また「ありがとうございます」とお礼を口にする。

私の住まいを出発した車は、大通りに出てどこかを目指して走り出す。

誕生日を祝いたいとは言われているけれど、詳細についてはなにも聞いていない。

どこに向かうのか、なにをして過ごすのか。

「この間の失敗を踏まえて、今日はどう過ごすかしっかり考えてきた」

そう言った裕翔さんの様子をうかがうと、その顔には笑みを浮かべている。

「え、この間の失敗って……？」

いったいなんのことを言っているのだろう？

裕翔さんが失敗だなんて、なにもない。

「一緒にランチをしただろう。あれは失敗だったと反省した」

「え、なぜですか？」

一緒にガレットを食べた際のことだ。どこに失敗なんていう部分があったのだろう。

まったく見当がつかない。

「もう少し、人目を気にするべきだったと。せっかくの時間が俺の想像力の乏しさのせいで台なしになった」

「そんな、台なしだなんて！　裕翔さんが注目を浴びるのは立場的に仕方ないですから、失敗でもなんでもありません。それを言うなら、私がもっとどっしりと構えられれば問題はなかったんです」

あのときはやたら人目を気になって、私自身落ち着きがなかったと思う。

私のそんな様子に、失敗したと思わせてしまったようだ。

裕翔さんはふっと笑う。

「知花は優しいんだな」

「いえ、そんな……」

「ありがとう。だから今日は、人目を気にせずふたりきりの時間を過ごせるように考えている」

多忙な日々の中でいろいろ考えてもらったことを申し訳なく思う気持ちとともに、今日の日を計画してくれていたのがうれしくて心躍る。

人目を気にせずふたりきりで過ごせるところって、どこだろう……？

まったく見当がつかないまま、車に揺られること数十分。

裕翔さんはウインカーを出して、人気カフェの路面店へと入っていく。

でも、車は駐車場には入らない。向かっていったのはドライブスルーの列だ。

「なににする？　コーヒーは飲めるか」

「はい、飲めます！　あ、でも甘いのばかりですが……」

「好きなのを教えてくれ」

　ここのカフェでお茶をするときは、キャラメルラテかカフェモカの二択。ごく稀にハーブティーなんかも飲むけれど、今日はその気分ではない。

「では、キャラメルラテのアイスにします」

「なにか一緒に食べるか。スイーツとか」

「えっ……あの、でも、車を汚したらと心配に」

　そう言うと、裕翔さんは「子どもか」と笑う。

　でも、冗談ではなく本当にこぼしたらという心配がまず頭に浮かんだ。こんな高級車で食べかすを落とすなんて、ひとかけらでも許されない。

「でも、そうだな、少しおなかは空かせておいてもらったほうがいいか」

　裕翔さんが考え直すように言い、内心ホッとする。

　そんな相談をしている間にドライブスルーの順番がきて、裕翔さんがマイクに向かってオーダーを始める。

　私のアイスキャラメルラテと、裕翔さんは本日のコーヒーを注文した。

受け取り窓口でドリンクを受け取り、車は再び公道に出ていく。

「これなら人目も気にならないだろう」

「なんか、すみません……」

気遣いを申し訳なく感じた私を、裕翔さんは「謝らない」と軽い口調でたしなめる。

「そういう意味だけじゃなくて、少しドライブでもしようと思ったんだ。車に揺られるのは苦手じゃないか」

「まったく。むしろ、車に乗るのは好きです」

私からの返事に、裕翔さんは「そうか、それならよかった」と微笑を浮かべる。

「俺も運転は好きなんだ。時間があればどこか避暑地にでも行きたいところだが、今日は少し都内を走ろう」

「はい、うれしいです。お願いします」

男性とドライブをするというのは生まれて初めて。

こういうのに密かに憧れていたというのもあり、素直にうれしいと口にしていた。

他愛ない話をしながらの都内ドライブ。お互いの学生時代の思い出、休日の過ごし方や好きなものについてなど話題は尽きない。

キラキラとまぶしい夏の日差しに照らされる街を横目に、裕翔さんの笑った顔や冗談を言うプライベートな姿を垣間見た。

仕事中には決して見ることができないやわらかい表情に、緊張しながらもドキドキして。楽しい時間はあっという間に過ぎていき、時刻は十七時前。

車は港区《みなとく》の高層タワーの地下駐車場に入っていく。外から見上げた感じ、三十階以上はありそうだ。

地下二階まで降りていき、車は迷わず駐車スペースへと止められる。

ふと隣を見ると、裕翔さんのもう一台の黒い車が止められていた。

「あの、ここって……」

助手席のドアを開けに来てくれた裕翔さんを見上げる。

手を差し伸べられ、大きな手にそっと触れた。

「このマンションに部屋を所有している」

「そうなんですね」

もしかして住まいかもと思ったら、やっぱりそうだった。

こんな立地のこんなマンションに住んでいるなんて、やっぱり上流階級の人は生きる世界が違う。

そんな感心をしながら後に続き、とんでもないことにやっと気づいてハッとした。

ちょっと待って……ふたりきりで過ごせる場所って、裕翔さんの自宅じゃない⁉

状況を理解した途端、一気に鼓動が暴走を始めた。

駐車場から一階のエントランスロビーに上がると、大理石の床が広がる。

三階ほどまで天井の突き抜けた開放感のあるエントランスホール。コンシェルジュが駐在していて、自分の住まいとは別世界だなとキョロキョロしてしまう。

裕翔さんは挨拶してきたコンシェルジュに会釈をすると、エレベーターホールへと向かう。

「コンシェルジュがいるマンションなんて初めて入ります……」

エレベーターを待ちながら、ふたりきりの空間で静かに声をかける。天井が高いから声が響きそうだ。

「そうか。結構世話になってる。家を空ける日が多いから、荷物の受け取りや、クリーニングなんかも取り次いでもらえたりするからな」

「へぇ〜、すごい……！」

そんな話をしているうちにエレベーターは到着する。

向かった先は三十七階。途中、少し耳が詰まるような感じがしたのはここまで一気に上昇したからだ。

裕翔さんが開けてくれている扉を出ると、そこにはダークグレーのじゅうたんが敷きつめられた廊下が広がっていた。

ダークブラウンの木目調の壁面と埋め込みの照明が落ち着いた雰囲気の共有内廊下を、裕翔さんの後に続いて進んでいく。

向かったのは最奥の部屋の前で、指紋認証で木調の扉を解錠した。

「どうぞ」

「ありがとうございます。お邪魔します」

一歩中に足を踏み入れると、玄関にはエントランスと同様に大理石の床が広がる。

壁は外と同じ木目調と黒っぽい石壁で、デザイン性の高いオシャレな空間だ。

何十人の来客が来て靴を並べても問題ない広い玄関に驚かされ、入ったすぐのところで立ち尽くす。

玄関ドアを閉めた裕翔さんに背中をぽんとされて、ハッと振り向いた。

「あ、すみません。広くて呆気に取られてました」

裕翔さんは「なに言ってるんだ」と笑いながらスリッパを出してくれる。

「上がって」

「はい、お邪魔します」

玄関から奥に続く廊下の壁面の石壁に触れてみると、凹凸のあるそれは本物の石材のようだ。

こんな玄関を持つ物件はいったいどんな部屋なのだろう。

未知の世界を前にワクワクを募らせ、裕翔さんが開いたドアの先に思わず目を見開いた。

「うわ……」

あまりの衝撃でロクな声が出なかった。

何畳あるかわからないスペースと、マンションではないと錯覚を起こす高い天井。

でも、向こうには東京の街並みが下に広がっている。

驚くことに、リビングダイニングには階段があり、上のフロアに続いているようだ。

ここが三十七階だから、三十八階も居住空間なのかもしれない。

「急に家に連れてこられて、また困らせてしまったか」

立ち尽くす私の前を横切り、裕翔さんはリビングの奥へと向かっていく。

手にしていたスーツのジャケットをソファの背もたれに放り投げた。

「あ、そうではなくて……すごいところで圧倒されて。裕翔さんの住まいにお邪魔するのも緊張はしていましたけど、困ってはないです。ただ、本当にいいのかと気がかりはありました」

困るよりも、逆にいいのだろうかという思いのほうが強い。

住まいというのは完全にプライベートな空間だ。そこに足を踏み入れるというのは特別なことなわけで……。

「どこかで誕生日ディナーをとも考えたけど、それもありきたりだと思ってな」

そう言った裕翔さんが「おいで」と手招きをする。

リビングを奥へと進んでいくと、裕翔さんはそばのローテーブルからなにかを両手で持ち上げた。

「これを」

「え……なんですか？」

えんじ色の箱の上にはケーキのようなものがのっている。

でも、近づいていくとそれがケーキではないとわかり、「わっ、すごい！」と歓喜の声をあげた。

「お花……？」

彼の目の前まで行って、やっとその正体がわかる。

まるでホールのショートケーキのようなそれは、すべて花で作られているフラワーアレンジメントだった。

上部には赤いバラと木の実が、ケーキの周回は白バラや白い花で飾られている。

上にはプレートがのっていて『Happy Birthday Chihana』と綴られていた。

「二十八歳、おめでとう」

突然のサプライズに胸がいっぱいになる。

うれしさが込み上げるとともに、涙まで浮かびそうになっていた。

「ありがとうございます。こんなすてきなプレゼントいただけるなんて、思いもしなくて……」

受け取ったアレンジメントをじっくりと観察する。

こんなかわいくてセンスのある花をプレゼントしてもらったのは人生で初めて。

今まで男性から花のプレゼントをしてもらった思い出はない。

「そんなに喜んでもらえると用意したかいがあるな」

裕翔さんは柔和な笑みを浮かべて私を見下ろしている。

「好きに過ごしていてくれ。誕生日のディナーを用意する」

私にソファに掛けるように勧め、裕翔さんはひとりキッチンに入っていく。

その姿を目で追いつつ、彼に示されたソファへと腰を下ろす。

誕生日のディナーって……？

不思議に思いながら、彼の様子を見ようとすぐに立ち上がった。

「ディナーって、もしかして裕翔さんが……？」

キッチンのカウンターの向こうで目が合った裕翔さんは、手を動かしながら微かに口角を上げる。

「三ツ星レストランみたいにはいかないだろうけどな」

「やっぱり、作ってくださるんですか⁉」

思わずキッチンカウンターの目の前まで行って、裕翔さんに聞いてしまう。

中ではすでに料理の準備が始められていて、裕翔さんは冷蔵庫と作業スペース、コンロを行き来し始めていた。

「すごい……本格的」

そういえば、お互いの両親に会った際、どちらもクッキングスクールで知り合った〝設定〟になっていた。

あのときはクッキングスクールに通っていると知り驚いたけれど、その腕前を私の誕生日に披露してもらえるなんて思いもしなかった。

「なにか、お手伝いすることは？」

「主役はなにもしないでくつろいでくれてればいい」

「見ているのはだめですか？」

キッチン内での様子から、すでに裕翔さんがかなり料理上級者なのが見て取れるから、迷惑でなければ覗き見したい。

「別に問題ないが、だいたいはもう仕上げてあるから見ても楽しくはないと思うけど」

「それでも見たいです」

裕翔さんの手もとでは、黒いシックなスクエア型プレートが二枚。

そこにのせられていくのは、なんとテリーヌ。彩りの美しい一品の周りには、飾るように野菜が添えられていく。最後にバジルクリームのようなソースが絵を描くようにプレートに落とされた。

「綺麗……芸術的」

裕翔さんは仕上がったそれを手に、キッチンを出てくる。

「普段、料理はするのか」

「できるときにはするようにしてます。一応、今日も午前中は買い出しに出て、平日に食べる食事の用意をしていました」

「常備菜か」

「はい。あとは、冷凍にしておくと便利なのでお弁当を何食か作ってます」

すでにテーブルコーディネートが済んでいるダイニングテーブルにそのふたつを置くと、裕翔さんは「ワインは飲めるか」と聞いた。

「ワイン、詳しくはないですが好きです」

「それなら開けよう」

裕翔さんはダイニングを離れ、リビングの例の階段へと向かっていく。

その後になんとなくついていってみると、階段下のスペースになんとワインセラーがあった。

「すごい！　こんなのが家にあるなんて……」

「料理と同じで、趣味みたいなものだ」

自分でキッチンに立ち一品を作って、それに合うワインで乾杯、なんて……オシャレすぎる趣味。

このすてきな部屋でそんな過ごし方をしている裕翔さんを脳内で想像してみると、絵になりすぎる。

「じゃあ……今日のメニューに合いそうなものにしよう」

裕翔さんはセラーから一本白ワインを取り出す。そして「座って」と私にダイニングテーブルに着くよう促した。

「ありがとうございます」

「いつまで抱えて持ってるんだ？」

「え？」

再びキッチンに入っていきながら、裕翔さんは私を振り返り微笑む。

さっきプレゼントしてもらったフラワーケーキを、持って歩いている私がおかしかったようだ。

「うれしくて、つい持って歩いてました」

自分の席の横に花を置く。ダイニングテーブルに誕生日ケーキが用意されてあるように見えて、またじっと見とれる。

目の前には、食すのがもったいない前菜のプレート。テリーヌを主役に、色鮮やかな野菜や果実で飾られているそれは一枚の絵のようだ。

「すごく綺麗なテリーヌ……」

「そうか。一品目をなににするか悩んでこれに決めたから、正解だったな」

裕翔さんは「映えを狙った」とふっと笑う。

「テリーヌ、過去に一度くらいしか作ったことないんですけど、こんなふうに綺麗な断面にならなかったです。具材の置き方が悪かったのかな……」

「たしかに難しいよな。これも、切ったときにエビが断面に綺麗に並ぶように配置したけど、材料によってはうまくいかない」

裕翔さんはそんな話をしながら、さっき取ってきたワインのコルクを抜いていく。

その様子も慣れたもので、日常的にワインに慣れ親しんでいると感じ取れた。

私の前に用意された丸みのあるワイングラスに、ゆっくりと注がれていく白ワイン。

グラスの三分の一ほどまで入ると、裕翔さんは自分のグラスにもワインを注ぐ。

「じゃあ、知花の今年一年がいい年になりますように」

グラスを手にした裕翔さんに倣って、ワインを注いでもらったグラスを手に取る。

「乾杯」

「ありがとうございます。乾杯」

グラスに口をつける前に鼻孔をくすぐったのは、爽やかな柑橘っぽい香り。ひと口含むと、さっぱりしたドライなグレープフルーツのような味が口内に広がった。

「おいしいワイン……飲みやすいですね」

「好みの味ならよかった。食事は適当に進めてかまわない。俺は料理を出すために途中で席を立つから気にせずに」

「あ、はい。では、いただきます」

ナイフとフォークを手に、早速テリーヌをいただいてみる。

でも、やっぱり美しすぎてキラキラしていてフォークを入れるのがもったいない。

食べる前に目に焼きつけて、もう一度「いただきます」と言ってから食事を始めた。

「テリーヌ、おいしい……！」

映えな上に、味もこんなにおいしいなんて。ぜいたくな具材の食べ応えはもちろん、野菜の出汁なのかしっかりとした風味豊かな味がする。

誕生日に誰かに料理を作ってもらったのなんていつ以来だろう。

そこまで考えて、そういえば父以外の男性に手料理を作ってもらったことが初めてだと気づく。

元夫になにか作ってもらったことはなかった。

「おいしそうに食べてもらえると作りがいがあるな」

「だって、おいしいですもん。ビジュアル満点でおいしくて、三ツ星レストランです」

「ずいぶん褒めてくれるな」

裕翔さんは手にしていたグラスを置き、席を立ち上がる。キッチンへと入っていき、戻ってくると冷製スープを前菜の横に置いてくれた。

「本当にコース料理ですね、すごい……。これは？」

白い冷製スープ。じゃがいもかな……？

「カリフラワーのポタージュ」

「カリフラワー！」

早速いただく。カリフラワーの甘みが上品な味わいで、猛暑が続くこんな時期にぴったりのあっさりした冷製スープだ。

前菜とスープをいただいて、もうすでに感動で胸がいっぱいになっている。

「誰かの手料理で誕生日を祝ってもらうなんて、実家の母にしてもらったくらいなのでうれしいです」

スープを運んでまたキッチンに引っ込んでいった裕翔さんは、手を動かしながらも私に目を向ける。

「元夫は、君の誕生日に手料理のひとつも作らなかったのか」

誕生日……。

元夫と過ごした自分の誕生日は、三度ほど。一度目はまだ結婚する前で、レストランで食事をした。二度目は結婚後。そのときも外食で誕生日を祝ってもらった。

そして三度目は、私の誕生日というのも忘れていたのか、とくに特別な過ごし方をするわけでもなく、遅く帰ってきて思い出したかのように『おめでとう』と言葉だけを贈られた。

手料理なんて、程遠い。

思い返すと一周回っておかしくなってきて、自嘲気味な笑みが漏れていた。

「誕生日どころか、手料理を作ってもらったことがなかったです。あ……カップ麺に、お湯を入れてもらったくらいはあったかな」

自分で言っていて虚しくなる。

だけれど、それが私の歩んできた人生。そして、自分が選んだ結婚相手だったのだ。

裕翔さんはキッチンの中で黙って話を聞いてくれている。

沈黙が落ちて、紛らわせるようにワインを口に含んだ。

「だから、こんなふうにお祝いしてもらうのがうれしくて。お花も、お料理も、私にとっては初めてのお祝いです」

むしろ、かなりぜいたくな誕生日を過ごさせてもらっている。

世の男性で、誕生日にすてきなフラワーアレンジメントをプレゼントしてくれて、こんなコースの手料理を振る舞ってくれる人はどのくらいいるのだろう。

しばらくしてダイニングテーブルに戻ってきた裕翔さんの手には、見るからにやわらかそうでおいしそうなステーキがのったプレートが二枚。

「仔牛のステーキだ」と、前菜のプレートと取り換えるようにして置いてくれた。

「塩だけでシンプルに食べるのがいいと思うけど、どうする？」

「あ、はい。じゃあ塩だけで」

普段、ステーキはソースをかけずに塩で楽しむ派。

そこまでいいお肉でなくても、ステーキは塩で食べて基本大満足だから、こんなおいしそうなステーキなら塩というシンプルな食べ方が絶対においしいはず。

裕翔さんはダイニングテーブルの端に置いてあるミルに手を伸ばす。

私の前に出たステーキの脇に岩塩を落としてくれたのだけれど、それが電動ミルで、思わず「電動だ……」なんてつい口にしていた。

男性のひとり暮らしでこうして電動ミルなんか使っているのがオシャレだし、料理好きを裏づける。

再び向かいの席に腰を落ち着けた裕翔さんは、じっと私の顔を見つめた。

「悪かったな。過去を掘り返すような質問をして」

「あ、いえ。こんな話でよければもいくらでもします。はたけば埃がいくらでも出そうです」

どうしようもない自分の発言が恥ずかしくなって、へへっと笑ってごまかす。

そんな私とは対照的に、裕翔さんは「いや……」と真顔でカトラリーを手に取った。

「聞いておいてこういうのも変な話だが、聞かなければよかったと後悔した」

「え……？」

「俺が質問したことで、過去を振り返った……昔の男を思い出させたのを失敗したと」

そんなふうな言い方をされると、私がまだ元夫を吹っ切れていないように思われているのではないかと焦燥感に襲われる。

誤解はされたくなくて、「それはないです」ときっぱりとした口調で否定した。

「思い出したとしても、戻りたいと思うような過去ではないです」

「ああ、わかってる。違うんだ、どんな内容であろうと、彼との過去を思い出してほしくないと、そう思ってしまった。嫉妬のような感情だ」

今度は裕翔さんのほうが自嘲気味な笑みをこぼす。

〝嫉妬〟なんてフレーズが彼の口から出てきて、どういう意味だろうと視線が泳いだ。

「人間は、いつ、どんな人間と出会ったかで、人生が大きく変わる。よくも悪くも。俺はこれまで生きてきて、それをひしひしと感じている」

かけられた言葉がずしっと重くのしかかる。

どんな人間に出会ったかで、人生が大きく変わる……。

たしかに、本当にその通りだ。

出会う人、関わる人、人生において人との交わりは歩んでいく道に大きな影響を与える。

幸せも不幸せも人任せではない、自分次第だとはわかっている。

でも、人は決してひとりでは生きていけないとも思っている。

「人との出会いは、運命を左右する……大げさじゃなく、私もそう思います」

結婚という大きな転機も、元夫と一緒になったことで私はバツイチという運命をたどった。

結婚当初は、まさか自分が離婚するなんて思いもしなかった。

生涯寄り添って、そのうちに子どもも生まれて、絵に描いたような家族像しか想像できなかった。

「これから先、君が出会ってよかったと思える人間のひとりに、俺はなりたいと思ってる」

「裕翔さん……」

「できれば、その最上位になりたい」

心をわし掴みするような言葉に、彼の美しい顔をじっと見つめる。

込み上げるうれしさをどう言葉で表現したらいいのかわからず、黙ったまま。ただ、裕翔さんから目を逸らさなかった。

「だから、覚悟しておくように」

最後は少し冗談ぽく笑みを交えて言って、食事を再開する。

なんと返事をしたらいいのかわからないまま、ただ鼓動の高鳴りを感じながらカトラリーを手に取った。

「いただきます」

料理を出してもらうごとにいただきますを言って口に運ぶ。

すでにカットして出されたステーキはナイフで簡単に切れるほどやわらかく、絶妙な焼き加減で口の中でとろける。

じっくり味わいながら、これまでどこかでずっと疑問だったことを考え始める。

どうして、裕翔さんは私にこんなによくしてくれるのだろう。なんの取り柄もなく、家柄も一般的な、一社員の私に。

初めて執務室に呼び出されたときから、どうしてだろうとずっと思っていた。

「あの……ずっと、気になっていて。聞いてもいいですか？」

裕翔さんは手を止め私を見て「なんだ」と受け入れる。

「なぜ、私だったのかな、と。婚約者としてご両親に会ったことです。以前、離婚したばかりの私だったら問題なく務めてくれるだろうと言ってましたけど、それだけの理由で膨大な社員の中から選ばれるのかなって。きっと、私と同じような境遇の人間も社内にいると思いますから」

「なるほど。たしかにそうだな。知花と同じ境遇の人間が社内にいないとも限らない」

裕翔さんは再び食事の続きを始める。その様子を前に、私もフォークを動かした。

「言ってなかったが、君のことは数年前から知っていた」

「え……？　数年前、ですか」

数年前に裕翔さんとの関わりがあった？

もしそうだとすれば忘れるはずはきっとない。

でも、心あたりが……。

「といっても、俺が一方的になんだ。知花は知りもしないと思う」

「一方的？　どういうことですか……？」

ますますよくわからなくて、やっぱり食事の手が止まる。

裕翔さんはどこか意味深にくすっと笑った。

「昔、地下鉄で老人を助けたことを覚えていないか。車椅子で乗車に困っていたところを、親切にしてもらった。降りる駅が違うのに付き添いまでしてもらって」

そんな話をされて、過去を振り返る。

そして、すぐに思いあたる出来事がよみがった。

「君にとっては困っている老人を助けるなど日常的なことかもしれないから、覚えていないかもしれないが」

「覚えています。三年ほど前だったかと。ちょうど、私が結婚したばかりの頃です」

その日は午前休をもらって、病院に行ってからいつもの通勤電車で会社に向かっていた。

普段の通勤時間とは少しずれた時間帯、駅はそれほど混んでおらず、電車内も座席が空いていて珍しく座ることができた。

会社まであと数駅という停車駅。乗車口近くに座っていたところ、開いたドアから車椅子の高齢男性が車内に乗り込もうと待っていた。

駅員がそばについてスロープを用意するものの、新人なのかあまり要領を得ていない。車椅子を押して乗車させようにもうまく操作できず、その様子に焦れた私はつい席を立ち上がり手伝った。

無事に乗車して電車が発車したものの、おぼつかない駅員の対応などで不安な思いをされたのではないかと気がかりに思い、ご老人に目的の駅を訪ねた。

すると、私が降りるひと駅先の駅だと教えてくれたため、降りる際まで付き添うことにしたのだ。

ご老人は親切にありがとうと喜んでくれて、何度も何度もお礼を口にしてくれた。

そのとき車内で少し話もしたから、記憶にはっきりと残っている。

それまで元気で自分の足で歩いていたけれど、少し前に腰を痛めて車椅子での外出をしているということ。周囲に反対されたけれど、ひとりで外出してみようと電車に乗ってみたと話してくれた。

年の頃は七、八十代くらいなのに、バイタリティーあふれる方だなと話していて感じた。

でも、そのときの一件をなぜ裕翔さんが……？

「そのときの車椅子の老人、俺の祖父だったんだ」

「えっ……裕翔さんの、お祖父様!?」

まさかの告白に目を見開く。

あのときのご老人が彼のお祖父さんだなんて知るはずもなく、驚いたまま固まった私に裕翔さんは微笑みを浮かべる。

「普段は普通に歩いているけど、あのときは少し腰を痛めた時期で車椅子を使っていたんだ。さすがは日本のＩＴ分野の先駆者、常に先進的な視野を持っていてなんにでも好奇心旺盛な祖父でね。周囲の心配を笑い飛ばし、慣れない車椅子に乗って公共交通機関で出かけるのを楽しんでいたそうだ」

「そうだったんですか……」

「あのときは、たしか本社のひと駅隣で下車して行きたい店に寄ってから、ひと駅を自分で車椅子で移動すると話していたな」

あのとき私がご老人と話したのと同じ内容を裕翔さんが話してくれて、人違いではないと確信する。

そんな偶然ってあるんだ……。

「あの日、予定より少し早く仕事が片づいて、車椅子で移動していることも気になって祖父の降りてくる駅に向かったんだ。ちょうど、地下鉄のホームで祖父と知花が一緒にいるのが見えて、知花はちょうど発車する電車に乗り込んでいくところだった」

裕翔さんのお祖父様に付き添って会社のひと駅先で下車し、すぐに反対のホームにやって来た逆回りの電車に乗り込んだ。

裕翔さんがそんなタイミングでホームに降りてきていたなんて知りもしなかった。

「その後祖父に会うと、『今どきの若いもんなんて言葉はよくないな』なんて言っていたよ。知花に親切にしてもらった話を、うれしそうにしてくれた。それから、彼女はうちの社員だったと」

「え、どうしてそれを?」

「社章を見て気づいたと言っていた」

ジャケットにつけていた社章だ。

どのタイミングで気づいてもらったかは全然わからないけれど、きっと、自分が創業者だとあえて言わなかったのだろう。

「そうでしたか……まさか、あのときの方が裕翔さんのお祖父様だったなんて」

「ああ。その後、祖父の話から君を捜した。社内外での評判がいいと聞き、実際に君の仕事している姿も見た」

数年前から知っていたという話がやっとつながっていく。

まさか、そんな縁からCEOに知ってもらっているなんて気づきもしなかった。

「でも、そのときに君が新婚だというのも知った。今だから正直に言うが、少し残念だと思った」

「え……？」

「お礼も兼ねて、食事にでも誘おうかと思ったんだ。話もしてみたいと思ったから、プライベートで。でも、既婚だと知ってさすがにプライベートな誘いはできないとあきらめた」

そう言った裕翔さんはふっと苦笑を漏らす。

「これで、なぜ自分に白羽の矢が立ったのか謎が解けたか」

「はい。すでに知ってもらっていたということだったんですね」

「そう。俺に興味を持たれていたと、そういうことだ」

裕翔さんは席を立ち上がり、またキッチンへと入っていく。

「最後は、デザートを用意している」

「ありがとうございます。食べたら片づけをしますね」

つい止めていた食事を再開し、おいしいステーキに舌鼓を打った。

＊　＊　＊

「ケーキまで作ってもらって……わぁ、フルーツがたくさん」

誕生日ケーキは定番のショートケーキを作ろうかと思っていたけれど、イチゴ以外にもフルーツを使って華やかに仕上げたいと思い直しズコットを作った。

イチゴにブルーベリー、オレンジにキウイフルーツと、彩りよく仕上がった。

ダイニングテーブルの片づけを申し出てくれていたけれど、そのままにしておいてかまわないと話してケーキをリビングのソファ席に運んだ。

部屋の照明を食事中よりも薄暗くして、ケーキに立てたロウソクに火をつける。

彼女を座らせて、バースデーソングを口ずさんだ。

「ありがとうございます！」

どこか遠慮がちに火を吹き消すから、二本のロウソクに火が残る。

「もう少し」

「あ、はい」

すべての火が消えて、もう一度「おめでとう」と今日の日を祝った。

前回のランチの失敗を踏まえ、板東からもアドバイスをもらった上で計画した知花のバースデー。

自宅に招くまでは気がかりも多少抱えていたものの、今日はうれしそうな顔をたびたび見られてホッとしている。ここなら人目はまったく気にならないだろう。

「では、いただきます！」

切り分けたケーキを早速口に運ぶ。

「おいしい～！」

今日は料理を出すたびにそう言って本当においしそうに食べてくれ、その姿にほっこりさせられている。

料理は自分自身が楽しむためだけに極めてきた趣味だけれど、今日初めて食べてもらう喜びを知った。

『誕生日どころか、手料理を作ってもらったことがなかったです。あ……カップ麺に、お湯を入れてもらったくらいはあったかな』

そう言って見せた笑みがどこか寂しげで、無理をしているようにも見えて、胸に切なさが込み上げた。

彼女の過去の結婚生活がまったく気にならないと言ったら、それは嘘になる。

覗いてみたい気持ち、知らないほうがいいだろうという気持ち、ふたつがせめぎ合っていた。

でもひとつ質問したところで、結果後悔をした。

彼女に、元夫とのことを考えさせてしまった。

それまでふたりきりだった空間に、彼女の元夫が現れたような、そんな妙な感覚を覚えた。

いくらひどい別離となっても、一度は人生をともに歩もうと誓った相手。いいことも悪いことも思い出だってたくさん残っていて、きっとそんなに簡単に消し去れない。

少なくとも、現時点では俺よりも彼女との時間を過ごしているのは確実で、多く彼女を知っているのも間違いない。

その事実が許しがたい。

「裕翔さん、今日は本当にありがとうございました」

切り分けたケーキを半分くらいまで食べたところで、知花はお礼の言葉を口にする。

「誕生日を祝いたいなんて言ってもらえたときも驚きましたけれど、今日はそれよりもっと驚きました。うれしかった」

その様子は、今日の知花を見ていれば社交辞令ではなく、本物の気持ちだというのが伝わってくる。

彼女を見つめながら自然と笑みが浮かんだ。

「そうか、それならよかった。俺のほうこそ、祝わせてくれてありがとう」

「そんな！　祝わせてくれてなんて」

仕事を切り離したプライベートな時間とはいえ、やっぱりまだ遠慮を感じるし、見えない壁もある。

これまでの関係性がある上で、そんなにすぐ打ち解けられるはずもないが、この距離間がもどかしい。

「少し待ってて」

ケーキを口に運ぼうとしている知花を置いてソファから立ち上がる。

好意や信頼は、手に入れようと思っても力ずくで得られるものではない。なにかを差し出して叶うものでもない。

植物を育てるように、時間をかけて育くんでいくものだとわかっている。

リビングに戻ると、知花は「裕翔さん！」とケーキ皿を見せてきた。「ごちそうさまでした」と笑顔になる。

「もっと食べるか」

「えっ、いいんですか？」

ぱっと花が咲くような明るい表情を見ると、それだけで心が満たされる。

「食べられるならいくらでも食べるといい。でも、その前に……」

彼女の隣に腰を掛け直し、取ってきた紙袋を差し出す。

大きな目をさらに大きく開いて、俺の顔に目を向ける。

「え……？　これは」

彼女の性格的に、渡されて率先してプレゼントを開けるタイプの女性ではない。

それがわかるから、中からリボンのかけられた小箱を取り出す。

リボンをほどき箱の上部を開けると、悩んで決めたブレスレットが現れた。

ひと粒ダイヤの華奢なブレスレット。

彼女の趣味がわからず、選ぶのに時間を要した。でも、知花を想って考えて決めたものだ。

「もう何度言ったかわからないけど……誕生日おめでとう」

「ブレスレット……？　私に、ですか」

彼女の右手を取り、「着けてもいいか？」と聞いてみる。

こくこくとうなずき許可をしてくれたところで、ブレスレットを取り出し手首につける。

「あのっ、でも、こんな高価なものは受け取れないです」

「そんなことは関係なく、俺の気持ちとして受け取ってもらえたらうれしい」

少し困ったような表情をうかがわせたものの、弱ったようにはにかんで「わかりました」と言ってくれる知花。

よかった。ひとまず安堵した。

今日は花を渡すときも料理を出すときも、同じような緊張感に包まれた。

「ありがとうございます。本当にお気持ちがうれしいです。祝おうと、気にかけてもらえたことが」

知花は着けたブレスレットにそっと触れ、顔を上げて微笑む。

「大事にしますね」

その表情に心ごとわし掴みにされて、彼女の手をそっと取った。

「これから先、ずっと知花の誕生日を祝わせてほしい」

意識しないで出てきた自分の言葉に驚いたけれど、それが間違いなく本心だった。

また来年も、再来年も、この先毎年、知花の誕生日を祝っていきたい。許されるのなら、彼女の一番近くで祝いたい。

「そんなこと言われたら、私……うれしくて……」

大きな瞳が潤むのを目の前で目撃して、激しく感情が揺さぶられる。

うれしいというフレーズを必死でかみ砕き、きっとマイナスではないだろうという結論に行き着く。

拒否するのであれば、彼女はきっとやんわりと遠慮の言葉を発するに違いない。

知花に近づきたい、特別な存在になりたい。そう願う思いが自分を慎重に、そして生まれて初めてこんなにも必死にさせている。

取った手に指を絡ませ、彼女の反応をうかがう。

近距離で視線がぶつかりはにかまれると、抑えていたものが制御しきれなくなった。

手を引き腕の中に知花を閉じ込める。

華奢で小さくて、やわらかくて、艶のある美髪からはローズ系の香りが微かに鼻をかすめた。

「裕翔さん……？」

すぐそばで細い声が聞こえ、そっと背もたれに抱いた体を倒した。

潤んだ目は、じっと真っすぐ目を見つめてくる。

困らせたくはない、でももっと彼女を知りたい。その気持ちがせめぎ合う。

うかがうようにして距離を縮め、そっと唇を奪う。

わずかに肩が揺れたのは動揺したからだろう。絡まる彼女の指先がほんの少し手を握ってきたのを感じて、口づけを深めた。

「……んっ、ひ、ろと、さん」

呼吸の仕方を忘れてしまったような声に理性を失いかける。

桜色の小さな唇を自由にし、白い首筋に口づけた。

「ふっ、あ」

今は、これ以上はまずい。

暴走しかける自分を思いとどまらせ、知花の体を再び抱きしめる。

「悪い……これじゃあ、招き狼《おおかみ》だな」

しばらく、気持ちを落ち着かせるようにそのまま。

どんな顔を見せればいいのか、彼女がどんな表情なのかも目にする勇気がなかった。

「ケーキ、切り分けよう」

やっと腕をほどくと、何事もなかったかのように振る舞う自分が自然と現れた。

7　仕組まれた陰謀

暑さは日に日に和らぎ、気づけば十月に入っていた。

日中はまだ五分袖など軽装で大丈夫な日もあるけれど、朝晩は羽織物が必須だ。

「実装から順調にユーザー数も増えているし、好調なスタートだな」

「はい、ありがとうございます！」

「さっき、この一週間の動きをチェックしてたんだ。取材依頼も数件入ってる」

終業時間間際、大詰めとなる作業の確認を行っているとチーム長に声をかけられた。

以前、夏前に私がプレゼンを行ったマッチングサービスの企画が驚くことになんと通り、新サービスとして実装される運びになった。

ちょうど、誕生日を終えたお盆休み明けに決定が出て、私にとってはそれも大きな誕生日プレゼントのように思えた。

それから実装までの一か月少しは多忙を極め、目まぐるしく毎日が過ぎ去った。

「明日は、イベントでもよろしく頼むよ」

「はい。こちらこそよろしくお願いします！」

明日は、新サービスのデビューイベントが六本木の商業施設で行われる。

イベントには、このサービスのイメージキャラクターになっている俳優たちが登壇するなど、メディアにも取り上げられるものになるという。

自分が企画したものがこんなに大きく展開されるとは思ってもみず、正直驚いている部分も大きい。明日は、もっとそんな気持ちになるに違いない。

オフィスを出てビルエントランスを目指す。

エレベーターを降りるタイミングで、手に持っていたスマートフォンが震えた。

裕翔さん……？

「はい、もしもし」

《知花？　お疲れさま》

聞こえてきた声に鼓動が高鳴りだす。

以前はそんなことがなかったのに、最近はこうして電話で声を聞いただけで意識するようになってしまった。

それも、あの誕生日を祝ってもらった日から加速している。

「お疲れさまです」

《すぐに通話に応じられるのは、もう退勤後か。まだ社内にいるかと思って、ちょう

ど近くを通りがかるところだったから連絡してみた》

思わず「えっ」と声が出る。

「はい、今、ちょうどエントランスロビーに出てきたところで……」

《そうなのか。それなら、前に停車する》

ちょうど今この前を通りがかるところで電話をかけてくれたらしく、見計らったようにタイミングがいい。

「わかりました。前にいますね」

あとは帰るだけだから、そこまで身なりも気にせず出てきた姿を後悔する。

まさか、裕翔さんと顔を合わせることになるなんて思いもしない。

表に出ていくと、見覚えのある車がビル前で停車する。

すぐに運転席から裕翔さんが出てきた。

「もう帰った後かもしれないと思いながら通りがかった。タイミングがよかった」

「お疲れさまです」

「家まで送ろう」

裕翔さんはそう言って助手席のドアを開けた。

「いいんですか？　ありがとうございます」

前回この車に乗せてもらったのは誕生日のとき。もう二か月ほど前になる。すぐに車は発進する。

「好調なスタートを切っていると報告を受けている。忙しいか」

車を出してすぐ、裕翔さんが新サービスについて触れてきた。忙しい中、この一週間の状況をすでに知ってもらえていることがうれしい。

「はい、おかげさまで、ありがとうございます。このまま軌道に乗っていけたらいいなと思ってます」

「ああ、きっとますますはやるのは間違いない。明日のイベントも期待している。スケジュールを調整して、顔を出す予定だ」

「明日、来ていただけるのですか？　ありがとうございます」

仕事の話を終えると、車内に沈黙が落ちる。

この間の誕生日のお礼を改めて言おうと思ったとき、隣からくすっと微かに笑う気配を感じた。

「前回会ってから、もう二か月近くたつな」

「そうですね。八月の誕生日は、お祝いありがとうございました」

「それはもう何度も聞いてるぞ」

裕翔さんはまたくすっと笑う。

「そうですけど、お会いするのはあの日以来ですから」

メッセージや電話では誕生日の後日に改めてお礼を伝えた。でも、あの日以降は直接会う機会がなかったから、時間はたってしまったけれどもう一度伝えたかった。

想像をはるかに上回る誕生日祝いだった。

裕翔さんの自宅に招いてもらったことも、手作りの誕生日ディナーを振る舞ってもらったことも、かわいい花やプレゼントまで……。

あの日から腕に着けているひと粒ダイヤの輝くブレスレット。

一生縁のない高級ブランドのアクセサリーなんてもらえないと断ったけれど、気持ちだと思ってほしいと言われ、最後まで本当にいいのだろうかと躊躇しながら受け取った。

身の丈に合っていなくて、初めのうちは着けていると落ち着かなかったけれど、今は裕翔さんからの贈り物として大切に肩身離さず着けている。

そしてなによりうれしかったのは、裕翔さんから言われた言葉。

『これから先、ずっと知花の誕生日を祝わせてほしい』

あんなすてきな誕生日をしてくれた裕翔さんだ。あのとき、より喜ばせようと思って言ってくれたセリフだろう。それはきっと叶わなくても、あの瞬間贈ってもらった言葉として私は最高にうれしかった。

生涯忘れられない誕生日になった。

想いのこもったような優しい口づけまでされて、私の抑えなくてはいけない気持ちは募るばかり。

立場上、好きになってはいけない人。それが大きい。

でもそれと同じくらい、誰かを本気で好きになるというのが怖い。

心に離婚という大きな傷を負って、もう誰にも想いを寄せることなんてないと思っていた。この先一生、ひとりで生きていくんだって。

恋愛なんてもうたくさん。そう思っていた。

そんなときに裕翔さんに出会い、接する中で気持ちは変化し続けている。

でもやっぱり怖い。私はバツがつくとともに、恋愛に対して臆病になってしまった。

「あっという間に到着だな」

オフィスから社宅まではそこまで距離がないため、送り届けてもらうのもそこまでの時間を要さない。

車はいつも通りマンション前に到着する。

「一緒に食事でもしたいところだが、これから顔を出さないといけない用があるんだ」

本心を隠して「はい」と答える。本当は、もう少しこうして一緒にいたかった。

「お忙しいのに、送っていただきありがとうございました。私も、明日のために今日は早めに休みます」

運転席から裕翔さんの手が伸びてきて、私の手をそっと取る。

「着けてくれているんだな」

誕生日プレゼントのブレスレットに目を落とし、裕翔さんは微笑む。

「こうして予告なく突然会いに来て着けてくれていると、贈った身としてはうれしいものだな」

「プレゼントしてもらった日から、毎日着けてます」

裕翔さんは予想外の言葉をもらったかのように、わずかにアーモンド形の目を大きくする。

そして、身を乗り出して私の髪をなでた。

「そういうかわいいことを言われると、帰したくなくなるだろ」

どきりとする間もなく裕翔さんの顔が接近して、唇同士が触れ合う。

触れて、わずかに離れ、また触れると深く重なっていく。

「……どうしようかな、この後の予定。リスケしてもらおうか悩むな」

「そっ、それはだめです」

私の頬を包み込んだまま裕翔さんがそんなことを言いだして、驚いて声をあげる。

裕翔さんは最後に軽くちゅっとキスを落とし、微笑んで私を解放した。

「わかった。今日のところは我慢して、明日イベントを無事終えたら食事でもしよう」

「はい……」

ホッとしたのと同時に、どこかで少し残念に思う自分もいる。そんな感情がこんな自然に湧いてくることに戸惑った。

裕翔さんは私のシートベルトをはずし、先に運転席を降りていく。助手席のドアを開けて手を差し伸べた。

その手を取り、車から降りていく。

「ありがとうございました」

「明日、がんばって」

彼の車が去っていくのを見送りながら、確実に育ち大きくなっている自分の気持ちに「困った……」と独り言をつぶやいた。

翌日は出社して朝一で最終の打ち合わせを行い、昼前にはイベントの会場となる六本木の商業施設に移動した。

会場入りしてから軽くお昼を取り、すぐに現地での最終確認に入る。

今日のイベントはステージ上でのサービス紹介をはじめ、芸能人の登壇、夕方にはイベントと連動して会場周辺の商業施設のイルミネーション点灯式も予定されていて、二部構成となる予定だ。

イベント内容的にも華やかなものになるのは間違いなく、よりサービスの周知になると思うと個人的にも非常に楽しみだ。

「唐木田さん、手が空いたらマスコミ関係者の対応助っ人しに行ってもらえます？なんか想定より人が集まっているみたいで」

イベント司会者への挨拶を済ませたところで、同じチームの先輩社員に声をかけられた。

「わかりました。今行きます」

「忙しいのにありがとう。基本的には事前に取材申し込みのあったところだけなんだけど、チーム長が状況によっては受け入れてって」

若干予定と違う状況になっていると知り、窓口対応に急ぐ。

今日のイベントでは芸能人の出演もあるため、事前に取材の申し込みを受けている。

予定外の取材なんてくるものなんだと思いながら、マスコミ関係者の受付へと向かった。

イベント用に借りている受付専用の部屋に顔を出すと、担当になっている同僚がひとり対応に追われていた。

「あなた、唐木田さんですよね？」

入ってきた私へ、順番を待っていたひとりの男性が声をかけてくる。

それが合図かのようにいっせいに取材陣の視線が自分に集まって、思わず固まった。

「今回出た記事についてお話を伺いたく、少しよろしいでしょうか」

今回出た記事……？

いったいなんの件だかわからず、立ち尽くす。

「七瀬ＣＥＯとは記事の通りのご関係ということで認められますか？」

「唐木田さん、今はバツイチだそうですが、離婚前から七瀬ＣＥＯとは不倫関係にあったというのは事実なのですか？」

「今回の新サービスは唐木田さんがプロジェクトリーダーだと伺っていますが、七瀬ＣＥＯとプライベートな関係がある上で任されたという認識で間違いないでしょうか？」

いっせいにされた質問に頭の中が真っ白になる。

問われている意味がなにひとつわからない。

反応できない私をいつの間にか取材陣が取り囲み、四方八方から質問を投げかける。

「答えてください！　事実であれば、今回リリースされたサービスにも影響が出ると考えられますがいかがでしょうか？」

「不倫するような人が再婚相手を探せるマッチングサービスをプロデュースしたというのは話題づくりとも取れますが！」

いったいどうしたらいいのか戸惑い、ひとまずこの場を離れようと思っても、全方向から囲まれボイスレコーダーを向けられている。

「すみません、なにもお答えすることは――」

そんなとき、取材陣たちが揃って同じ方向に注目する。

「七瀬ＣＥＯ！」

えっ？と思ったときには「失礼」という裕翔さんの声が聞こえ、私をかばうようにその場から連れ出していく。

「先ほど出た記事については、私のほうで対応させていただきます」

丁寧に、でもどこかに圧を感じるはっきりとした声。

「この場でひとつお伝えしておきたいのは、すべて事実と異なるということ。以上」

裕翔さんはそれだけを言い、私の背を押して部屋から出ていく。そのまま、別の貸し部屋へと入室した。

中には誰の姿もなく、ホッと息をつく。

「あ、あの、裕翔さん。今のはいったい……？」

脱出してきたものの、いまだに動揺は隠しきれない。

「一時間ほど前、週刊誌のデジタル版にうちに関する記事が出たんだ。新サービスの話題に絡めて、その発案者である知花と俺が不倫関係にあったなどという事実無根の記事だ」

「そ、そんな……」

どうしてそんなデマが大々的に記事にされて出回るのかわけがわからない。

出どころはどこなのか。なんのためにそんな嘘の記事が出回っているのか。

でもそれよりなにより、会社に、裕翔さんに、迷惑をかけてしまっていることは間違いない。

「ただ、不審な点が多すぎる。どうしてこんなタイミングでそんな内容の記事が出るのか……内部事情を知っている人間の仕業かもしれない」

「社内の人間かもしれないということですか？」

「とにかく今、対応にはあたっている。心配いらない」

裕翔さんはそう言ってくれているけれど、こんな記事が出た時点で会社や裕翔さんのイメージにも傷がつく。

不倫なんて事実はいっさいない。ありえない。

だけれど、そんな記事が騒がれれば、どこに向かって否定すればいいのだろう。事実とは違うと、訂正するにはどうしたら……。

「知花、顔を上げて」

優しく呼びかけられ、裕翔さんを見上げる。

彼は臆することなく、一寸の動揺すらない。いつも通り堂々と、強く凛としていた。

「大丈夫だ。知花は俺が必ず守る」

「裕翔さん……」

心臓がバクバク嫌な音を立てて今も落ち着かない。

守ってもらってばかりいないで、私だって会社を守りたい。裕翔さんの築いてきたものに傷をつけられない。

「こんな事態になって、申し訳ありません。私にできることはなんでもしますので」

「ああ、力を借りるときもあるかもしれない。とりあえず、今日のところは表には出ないほうがいいだろう。問題が解決するまで自宅待機がいい」

今日のイベントを目の前で見られないのは悔やまれるけれど、あの調子では私が表に出ただけでイベントに迷惑がかかるのは確実。

それだけはなんとしてでも避けたいから、裕翔さんの指示を素直に聞き入れ自宅待機することに決めた。


《そっか、そんなことが……。知花ちゃんと一緒に働いてきて知り合いの私でも驚くんだもん。あの記事、社内もだけど、知らない人が見たら知花ちゃんが悪いように思っちゃうよ》

イベント翌日。スピーカーにして話している相手は彩子先輩。

スマートフォンの画面には、もう何度も見た昨日出たネット記事。

そこには、誕生日に裕翔さんの運転する車に乗せてもらっているところが隠し撮りされた画像まで掲載されている。

土曜日の昼下がり、心配した彩子先輩が電話をかけてきてくれた。

社内では誰にも話していない裕翔さんとの関係。彩子先輩にももちろんなにも話していなかったから、今回の記事が出て驚かせるという結果に。

裕翔さんに以前頼まれてご両親に会ったこと。その後、同じように私の両親に会って不本意なお見合いを阻止してもらったこと。さらには以前、お祖父様にも電車で偶然会って手助けをしていた縁があったなどがあり、プライベートで関わりがあると正直に話した。

彩子先輩は裕翔さんとのつながりに驚いていたけれど、自分がもし私の立場だったら誰にも話せないと共感した上で話を聞いてくれた。

「すみません、異動前は異動前で心配してもらって、今度は違う心配をかけて……」

《それは全然いいよ、気にしないの。でもさ、思ったんだけど……まさか、あの人たちじゃないよね？》

「え……？　あの人たちって」

口にも出したくない人たちがちらりと頭をよぎる。

《いや……まさかね。さすがに、そんなデマを売り込むような度胸はないか》

彩子先輩が言いたかったのは、私が思い浮かべたふたりで間違いないようだ。

異動後に会社前に揃ってやって来てから、あのふたりには会っていない。

《あと可能性があるのは、七瀬ＣＥＯの周囲の女性……縁談相手とか？　お見合いをしたくないくらいなんだし、しつこい女性がいたとか？》

彩子先輩の話になるほど……と納得してしまう。

たしかに、縁談は何度か断ったりしているみたいだし、そういう相手の女性という可能性も否定できない。

《それか、七瀬ＣＥＯのビジネス上のライバルとか》

「そういう可能性もなくないですね」

《うん、権力を持てば敵も多くなるだろうしね》

陥れようとする人はいくらでもいる、か……。

《でも、誰であろうと、七瀬ＣＥＯのお怒りは買ったよね……あんな嘘の記事、私だって許せない。調べるって言ってたんでしょ？》

「はい。昨日のイベントが始まる前の時点で、対応にあたってるって」

《それなら、きっと早く解決すると思う》

「はい……」

私の声が沈んで聞こえたのだろう。彩子先輩は心配そうに《知花ちゃん》と私を呼んだ。

《大丈夫。怒らせたのはあの七瀬ＣＥＯだよ。相手は後悔したってもう遅い》
「はい」
《私も、なにかわかったらすぐ連絡するね》
そんな話をしているところで、見ていた画面が着信画面に切り替わる。
「あ……親から電話が」
《ご両親も、今回の記事出て心配してるでしょ。出てあげて》
「あ、大丈夫です。かけ直しますから」
そう言っても、彩子先輩は《いい、いい！　出て。また連絡する！》と言って通話を自分から終わらせてしまった。
彩子先輩が気を使ってくれたのを無駄にはできず、そのまま母からの通話に応じる。
「もしもし、お母さん？」
《ちょっと、知花？　どういうことなのよ！》
少し時差はあったものの、ネットニュースに気づいたようだ。
「ごめん、驚いたと思うけど、あの記事は全部違うから。私は不倫なんてするわけないし、そもそも、前の人と離婚する前に裕翔さんとは知り合ってない」
どこから説明したらいいのかわからないけれど、とにかく事実と異なるというのを一番に伝えたい。

《そうなの？　あんな記事が出たから、お父さんもお母さんも心配して……》

「うん、そうだと思う。ごめんね。でも、今出どころとか調べたり、対応してるから」

今はまだ、それくらいしか伝えられない。私自身もどうなるのかわからない現状だから……。

《知花は？　大丈夫なの？》

「うん、とりあえずは。裕翔さんには、自宅待機って言われてて」

《そう。仕事にも、影響出るわね……》

バツイチになって心配をかけて、裕翔さんとの偽りの関係で喜ばせたかと思えば、今度はあんな記事で不安にさせている。

私はどこまでも親不孝者だ。

「ごめんね、本当に。でも、きっとすぐに解決するはずだから。また、こっちから連絡する」

《わかったわ。体にだけは気をつけるのよ》

最後まで心配の言葉をかけてくれる母に、涙腺が緩む。

「大丈夫だよ、じゃ、切るね」

最後は少し一方的な感じに通話を終わらせた。泣きそうな様子に気づかれたくなかったから。

「ハァ……」

スマートフォンを置くと、思わずため息をついてしまう。

このため息は、なんのため息なんだろう……。

こんな理不尽な状況になっている今への憤り？　なにもできない自分が情けないから？　これから、どうしたらいいのかわからないから……？

どれもあてはまる気がする。

再びスマートフォンが鳴り始める。でも今度は、社用のほうだ。

どこから連絡だろうとスマートフォンに視線を落とし、そこに表示されている名前を見て、瞬きを忘れた。

着信の相手は、驚くことにあの三ツ橋さん。

同じチームにいた頃から、社用のスマートフォンでも一度ですらやり取りしたことはない。

最後に会ったのだってもう数か月前。元夫と揃って会社前に来たときが最後だ。

初めての着信がこんなタイミングで、なにか嫌な予感が募り始める。

恐る恐るスマートフォンを手に取り、意を決して通話をタップした。
「……はい、唐木田です」
《もしもし、先輩？　誰だかわかります～？　三ツ橋です》
久しぶりに聞く、能天気な高い声。
相変わらずの彼女の調子に油断しそうになるけれど、気を引きしめて警戒する。
《先輩、大丈夫ですか～？　なんかすごい大ごとになっちゃってますけど。ちょっと心配だったので、電話しちゃいました》
これは、ただ私の様子を野次馬根性でうかがっているだけ？　それとも……？
「ご用件はなに？」
毅然とした態度で質問する。
三ツ橋さんは突然電話の向こうでくすくすと笑い始めた。
《やだぁ、先輩怖い！　落ち着いてくださいよ。もしかしてもう察しちゃってますか？》
どういうこと……？
《大丈夫ですよ、ちゃんと、先輩が困らないように私も考えてますから》
「なに、いったいなんの話してい――」

《今回の記事の件、私が運命を握っているってことです》
私の声を遮った三ツ橋さんの声はきつく冷たい。これが彼女の本性……？
「どういう意味？」
《先輩、今から指定する場所に来てもらえますか。そこで取引しましょう》
取引……？
《先輩が私の話をのんでくれれば、今回の件は記事を差し替えてあげます》
「あれはっ、あなたの仕業だったの⁉」
思わず感情がむき出しになった私に、三ツ橋さんはふふっと笑う。
《落ち着いてください。詳しくは、これからお会いして話しましょう》
落ち着けるはずがない。
でも、三ツ橋さんは淡々と指定場所を口頭で伝えてくる。
《ひとりで来てください。私もひとりなので》
元夫は一緒じゃないのかと思いながら、「わかった」と返事する。
《では、お待ちしてますね。お気をつけて》
三ツ橋さんは言いたいことだけ言い尽くし通話を終わらせた。

焦燥感に襲われながら自宅を飛び出し、呼んでおいたタクシーに乗り込む。

彩子先輩と話しているときは、彼女が今回の件に関与している可能性は低いと思いながら話していた。

でも、本当に三ツ橋さんが……？

なんのメリットがあって、彼女があんな記事を売り込んだのか意図が見えない。

私への恨み？

彼女が好きな元夫とはきっぱり別れたし、その件に関して恨まれる筋合いはない。むしろ、感謝してもらうくらいなはずだ。

それとも、異動の件で恨まれている？

なんにせよ、あんな虚偽の記事をリークするなんて許されない。

指定されたビジネスホテルまでは考え事をしていたらあっという間に着き、タクシーを降車してそのまま指定された部屋へと直行する。

部屋の呼び出しインターホンを鳴らすと、少ししてドアが開いて中から三ツ橋さんが顔を見せた。

「ちゃんとひとりで来てくれたんですね」

数か月ぶりの彼女は相変わらずで、今日も華やかなオフィスレディスタイルに身を包んでいる。

微笑んで「どうぞ」と私を招き入れ、しっかりとドアの鍵をかけた。

「どういうことかきちんと説明して」

「こんな入口で話し始めないでください。奥で話しましょう」

落ち着き払った三ツ橋さんに対して、私のほうは動揺があらわで温度差が激しい。

それでもなるべく平静を保とうと努める。

奥の部屋にはほかの誰かの姿はなく、ベッドと、ちょっとしたテーブルと椅子が一脚置かれたありふれた単身用のビジネスホテルの一室だ。

そこに、女同士が向き合って立ち話をするという異様な光景がある。

「なにが目的なの？」

ここでだらだら彼女と話すつもりはない。

単刀直入に切り出した私に、三ツ橋さんは潤んだ唇に笑みをのせる。

「先輩、今ノリに乗ってますよね？　どうですか、人生楽しいですか？」

「え……？」

「夫が職場の後輩女と不倫して、離婚する羽目になってバツイチになって……だけど、幸か不幸か、会社のＣＥＯに目をかけられた。婚約者の代わりをしたりして、プライベートで仲を深めて、仕事までひいきしてもらってキャリアアップ――」

思わず「ちょっと待って」と彼女の話を遮る。

どうして、婚約者の代わりなんて話を……？

「婚約者の代わりって、なんの話？」

「とぼけなくていいですよ。私、だいたい知ってますから。七瀬ＣＥＯのご両親に会ってましたよね？　それに、自分の両親にも彼を会わせていた。見てますよ、全部」

見てた……？　もしかして、つけられていたの……？

「転落人生だったはずなのに、まるでヒロインみたいなシンデレラストーリー駆け上がってるから、腹立っちゃって。それ、唐木田先輩じゃなくて、私でしょ？って」

この人はいったいなにを言っているのだろう。

自分を中心に世界が回るのがあたり前。そんな彼女の発言に言葉も出てこない。

「だから、知り合いの出版関係で働いている友人に、今回の情報提供したんです。記事、見ましたか？　いい写真でしたね」

満足げに笑う三ツ橋さんは、よいことでもしたかの表情で狂気さえ感じてくる。

ここまでする意味って……いったいなに？

「もう一度聞くけど……なにが目的でそんなことしているの？」

「あなたの幸せが目的です」

え……？

「なにを言ってるの？　三ツ橋さん、私から夫だって取っていったじゃない」

「はい。あのときは、それがあなたの幸せだったから。でももういらなくなりました」

いらなくなった？　じゃあ、久志と三ツ橋さんは別れたの……？

「今、欲しいのは、あなたが所属するチームへの異動。発案した新サービスも、私がそのままそっくり引き継ぐわ。それから、七瀬ＣＥＯの婚約者役も。私のほうがかわいいし周囲から注目されている存在なのに、地味で目立たないあなただけ人生うまくいっているのが納得いかないの。おかしいわ！」

要求してきたことがめちゃくちゃすぎてとうとう言葉を失う。

正気の沙汰ではない。

「あなたより、私のほうがよっぽど婚約者役も務まるわ。外見の華やかさも、それに、私は戸籍にバツもついてない綺麗な状態ですからね」

唯一その言葉にだけ心にぐさりとダメージを受ける。

真っさらにしたくても、もう消えることのないバツイチという烙印は、死ぬまでつきまとう。

「あなたの得たもの、私に譲ってくれるのなら今回の記事はなかったかのように手を回してあげるわ。そのほうが、七瀬ＣＥＯの汚名も返上できるでしょ」

三ツ橋さんは手に持つスマートフォンを操作し、自らがでっち上げた記事を私に再度見せてくる。

「バツイチのあなたと関係があるなんて、権威ある七瀬ＣＥＯにとってはマイナスのイメージにしかならない。この記事をなかったことにすれば、彼にも迷惑にならない。先輩もばかじゃないと思うから、それくらいはわかりますよね？」

「わかった。私はどうなったっていい。ただ、あなたの言う通り七瀬ＣＥＯに迷惑になることは訂正してもらいたい」

そのときだった。

後方から、部屋の入口の鍵が解錠されるガチャッという音が聞こえる。

「その必要はない」

聞こえてきた声と、開かれたドアの先に見えた光景に目を疑う。

そこには、冷静な面持ちの七瀬ＣＥＯと、続いて入ってくる元夫の姿。その後には秘書の坂東さんも見える。

「どっ、どうして入ってこられるんですか⁉」

それまで余裕の表情を見せていた三ツ橋さんも、突然の裕翔さんたちの乱入にあからさまに動揺をあらわにする。

「三ツ橋さん、君は本当にうちの社員なのかな。ここのホテルが昨年うちの傘下になったことも、まさか知らないなんて言わないよな……?」

「えっ」

このビジネスホテルのグループがナナセホールディングスの傘下に入ったのは、昨年の四月だ。

社員は利用の際に社割がきくし、全国の駅近に店舗を構えるため出張にもこのビジネスホテルを利用する流れになったのは記憶に新しい。

「今回の件、すべて調べさせてもらった。今日、君がここに来てからの会話も、ずっと裏で聞かせてもらっていた」

「え、うっ、嘘……」

「あの記事については事実無根なため、徹底的に戦わせてもらうから覚悟しておくといい。あの記事を出した出版社も、君個人も、容赦はしない」

三ツ橋さんの表情が固まり、血の気が引いていくのが手に取るようにわかる。

「麻未、どういうことだよ、さっき言ってたのは。いらなくなったって」

今か今かと出番を待っていたかのように、久志が三ツ橋さんに詰め寄る。

裕翔さんがここでの私たちの会話を聞いていたと言っていた。どうやら久志も一緒に聞いていたようだ。

「なぁ、麻未！　どういうことだか説明しろ」

「うるさいわね、ちょっと気まぐれで遊んでただけなのに、本気にならないでよ！」

「なんだと⁉」

三ツ橋さんと久志の言い争いが目の前で始まると、裕翔さんが私の腕をそっと取る。

見上げた先にあった優しい微笑に、募っていたすべての不安が安堵へと変わった。

「幸せそうだったから、壊したら楽しそうと思って近づいただけ。なにもなくなったあなたに、なんのおもしろみもないわ。ただのバツイチ男に興味なんてない」

「お前っ、人の人生なんだと思ってんだよ⁉」

修羅場を迎えるふたりの会話に、裕翔さんが「続きは」と口を挟む。

「ふたりだけでやってもらえるか。聞かされるほうも気分が悪い」

裕翔さんの大きな手が私の背にそっと触れ、部屋の外へと誘導されていく。

「先ほど言った件は、今後は弁護士から連絡がある。私になにか言いたければ、彼を通してくれ」

もう君とは話すこともない。裕翔さんの隠れたそんな言葉が聞こえてきたような気がする。

向こうで坂東さんが入口のドアを開けると、裕翔さんは突然足を止め「ひとつ言い忘れていた」と私ごと部屋の中にいるふたりに振り返った。

「ヒロインみたいなシンデレラストーリーを駆け上がれているのは、知花がまっとうで、心が清らかで、一生懸命だからだ。君みたいな女性が成り代われるわけがない」

裕翔さんからの言葉に、三ツ橋さんの表情が再び固まる。

最後に「失礼」と言い残し、坂東さんが開けて待機するドアを一緒に出ていった。

その後、坂東さんの運転する車で向かった先は裕翔さんのマンション。

エントランスの車寄せに停車すると、裕翔さんは坂東さんにお礼を言って私を連れて降車する。

そのままエレベーターホールへと向かった。

「裕翔さん……」

なにから話せばいいのかわからず、名前だけ口にする。

裕翔さんはそんな私を見下ろし、柔和に口角を上げた。

「連絡が遅くなって悪かった。彼女の動向を追っていたところ、知花を呼び出したから説明するよりも先にあんな形で知らせることになってしまった」

「それはかまいません。ありがとうございました」

エレベーターが到着し、裕翔さんの居住する階へと向かう。

「でも、裕翔さんが三ツ橋さんを追っていたなんて驚きました。すでにわかっていたんですね」

「ああ、数日前に調べはついていた。近いうちに知花に接触してくるだろうと思っていたが、案の定だったな。単純でわかりやすい」

誕生日の日に招待してもらって以来の裕翔さんの部屋。玄関を入るとすぐ、裕翔さんは私を抱き寄せた。

大事そうに抱きしめてくれる腕に、自然と自分の手を添える。

「なにもされなかったか」

「はい、大丈夫です」

「ひどい言葉をかけられて、何度途中で出ていこうかと……」

私へ心を寄せてくれる裕翔さんの優しさに、胸が締めつけられる。

横に首を振ってもう一度「大丈夫です」と伝える。

「うれしかったです。私のことを、あんなふうに言ってくれて……すごく、うれしかった」

まっとうで、心が清らかで、一生懸命。

裕翔さんが私をそんなふうに言ってくれたことは、この先ずっと忘れない。

「あんな言葉じゃ全然足りない。でも、彼らに語るのももったいないとも思った。知花のいいところは、俺が一番たくさん知っていたい」

「裕翔さん……」

裕翔さんは腕をほどき、私をリビングへと連れていく。ソファに腰掛けるように促された。

「あの場でも少し言ったが、記事に関しては削除、出した出版社から訂正と謝罪を公式でしてもらう形になった。同時に、会社として名誉棄損で訴える」

「私はなにをすれば……？」

「心配いらない、知花は普段通り過ごしていて問題ない」

裕翔さんは「それよりも」と話を切り替える。

「そのせいで厄介なことになってる」

「え……なにがですか？」

「両親から、知花の件で話がしたいと連絡があった」

それって、まさか――。

イベントの日にあの記事が出てから、ずっとその一件に気を取られていた。

でも、私の親だって記事を見て心配して連絡してきたのだ。裕翔さんのご両親は、あの記事のせいで私がバツイチだという事実も知ってしまったということ。

「それは、実はバツイチだということですよね……？」

「ああ、おそらくそうだろう」

ナナセグループの将来を担う裕翔さんの相手に、離婚経験のある女性などご両親は迎えたくないだろう。

これで、婚約者を演じてきたのもすべて水の泡……。

「そうですか……。結果的に、ご両親を騙すような形になってしまいましたね」

時間がたてばたつほど、隠している嘘はボロが出て壊れていく。

私の正体を知られる前にこの偽りの婚約者という関係を終えていれば、裕翔さんも、裕翔さんのご両親もきっと傷つかなくて済んだ。

そのタイミングを、少し見誤った結果だ。

「でも、俺は近いうちに本当のことをすべて両親に伝えるつもりでいた。できれば、こういう形で知られる前に切り出したかったが、もたもたしていた罰だな」

「本当のことって……？」

「知花に離婚歴があること。でも、そんなのは関係ない、知花でないと結婚はできないと話そうと思っている」

真っすぐの視線を受け、鼓動の高鳴りとともに戸惑いが生まれる。

これではまるで、私が本当の婚約者みたい。

そんな錯覚を起こしそうになって、平静を保とうと気持ちを静める。

「でも……それでは、ご両親が納得しないと思います。やはり、初めから私ではなく初婚の方のほうがよかったんだなと。それに、この関係はあくまで偽りのものですから、バツイチの私とはやはりうまくいかなかったとしても、ご両親は――」

隣に腰を下ろした裕翔さんが、「知花」とうつむき加減の私の顔を覗き込む。そしてそっと膝の上の手を取った。

「嘘から出たまこと……」

「え……？」

「俺は、知花との関係がそうなればいいと思ってる」

裕翔さんはふっと笑って、包み込んだ私の手を指先で優しくなでる。

それは、いったいどういう意味で言っているのだろう……?

疑問と比例して心臓があからさまに反応して大きく打ち鳴っていく。

そんなタイミングで裕翔さんのスマートフォンが鳴り始め、「悪い」と言って座ったばかりのソファを立ち上がった。

嘘から出たまことって、初めは嘘だったことが、結果的に本当になっちゃうっていう、そんなことわざ。

私との関係がそうなればいいなんて、裕翔さんは思ってくれているの……?

自分の気持ちだけで突き進んでいいのなら、素直にうれしいし、今すぐ自分の想いを伝えたい。

でも、それは決して許されないと身をもってわかっている。

好きになってはいけない人、想いを募らせてはいけない人。

自身の気持ちに気づいてから、抑えよう、静めていずれ消し去ろうと心に誓ったのに、反抗するように想いは募る一方で止まらない。

それなのに、そんな心の揺れるようなことを言われたら……。

「ごめん、仕事の電話だった」

リビングの大きなガラス窓の前で通話をしていた裕翔さんが隣へと戻ってくる。

「これからいったん、会社に戻らないといけない」

土曜日で社員が休日でも、裕翔さんは仕事で多忙を極めている。

そんな中で、今回のフェイクニュースの件でも動いてくれていたのだから、感謝してもしきれない。

「お忙しいのに、本当にありがとうございます」

「なにを言ってるんだ。仕事を差し置いても、知花の名誉を守るほうが俺には重要事項だ」

こうやってさらりとあたり前のようにときめく言葉をくれるから、勝手に想いが高まってしまう。

だめなのに。心のどこかでそう思いながらも、うれしくて……。

「さっきの話だけど、来週末に創立三十五周年の記念式典があるだろう」

「はい、ちょうど一週間後ですね」

今年でナナセグループは三十五周年を迎える。

来週の土曜日には周年記念式典が行われる予定となっており、ホテルでかなり大規模なパーティーが行われる予定だ。

「その席で、両親に改めて知花とのことを話したいと思っている」

「私とのこと、ですか……？」

「もう一度、両親に会ってもらえるか」

断る理由はもちろんなく、即答で「わかりました」と返答する。

ただ、バツイチだという事実を知って印象は変わっただろうし、もしかしたらそれなりの苦言を言われるかもしれない。

でも、それも含めて私の役割、使命だ。

裕翔さんは「ありがとう」と言って、私の髪を指で梳いた。

8　身も心もつながって

ナナセコミュニティに入社し、設立記念式典に出席するのはこれが初めてのこと。三十周年記念式典は入社直後で、私にはまったく縁のない社内行事だった。

今回出席できるのは、マッチングチームで実績を残せていることと、裕翔さんから出席を希望されたから。

今日は会長以下の役員、幹部、本社より各チームの代表が出席。さらにグループ会社数社の来賓をお迎えして、五百名程度の大規模な式典になるという。

式典への出席はすべての社員ができるものではないため、光栄で名誉あるもの。

しかし裕翔さんに式典への出席を求められてから、私の心はずっと落ち着かない。

先週の土曜日に三ツ橋さんに呼び出されたあの一件から、裕翔さんの対応は驚くほど早かった。

翌日には問題の出版社から謝罪が出て、ずさんな取材や記事については他社メディアが話題に取り上げた。結果、あの記事がフェイクニュースだったことも周知された。

それについては一件落着にもかかわらず、この一週間ずっとそわそわしている。

『もう一度、両親に会ってもらえるか』

仕事上での心配ではなく、彼のご両親に会うということで頭がいっぱいなのだ。

以前に一度お会いした裕翔さんのご両親は、文句のつけどころのないすてきな方たちだった。

令嬢でもない名もなき家柄の私に、息子の選んだ女性ならと寛大に受け入れてくれたふたり。

大企業の跡取りともなれば、家同士の結婚を重要視するのが一般的だと思う。

その大切な結婚を本人に任せるという考えを持っているのは、自分たちの子どもを信頼し尊重しているからで、理想的な親子関係だと思った。

あの日は、次に会うのを楽しみにしていると言って別れたご両親。

でも、思わぬところから私がバツイチだという事実を知り、驚き、不信感を抱いたに違いない。

どうしてそんな重要事項を伏せていたのだろう、と。

でも、あの席で私がバツイチだと知れば、ご両親はきっと裕翔さんと私の関係を認めてはくれなかった。

そもそも、身の上を隠し、偽装の婚約者として会ったのだ。

あのときは一度きりというつもりでもあった。私に、裕翔さんの婚約者なんて大役が長期間務まるはずもないと思っていたから……。

裕翔さんはいつまでご両親に偽るつもりなのだろう。

少なくとも、私が務められるのは今日まで。私の偽装婚約者としてのともし火は、あとわずかな時間でその火を消そうとしている。

式典は十六時開場。会場は以前、裕翔さんのご両親と顔合わせをしたあの老舗ホテルだ。

なんの因果か、始まった場所で終わりを迎えるのかとひそかに覚悟も決めている。

普段通り、今日はかっちりとしたパンツスーツの装い。ダークグレーのセットアップに、パーティーという場を考慮してインナーは胸もとにフリルをあしらったブラックのブラウスを身に着けた。

会場入りしてみると、思っていた以上に華やかさが強い。

男性はスーツの装いが基本だけれど、女性はパーティー仕様のドレスを身に着けている人や、着物の女性も見受けられた。

少し地味だったかなと思ったものの、一社員として出席する身。あまり目立たず、控えめでいいと思い直す。

会場内では、名刺交換をして挨拶をする人の姿が多く見受けられ、歓談で盛り上がっている。

こんなに大勢の人が集まる中で、今日は裕翔さんに直接会える気がしない。

そんなことを考えていると、司会進行役から開会の案内が伝えられた。

指定されている席に着き、会場正面に目を向ける。

大きく掲げられた【ナナセコミュニティ創業三十五周年記念式典】の文字。

開会の言葉が告げられ、すぐに裕翔さんが金屏風と立派な装花の前で挨拶を始める。

遠くに見えるその姿を目に、不思議な感覚を覚える。

本当に自分と彼には関わりがあるのか。そんな疑問を抱くほど、壇上に立つ裕翔さんとは生きている世界線が違う。

本来は会話を交わすことも叶わない相手なのだから。

「今もなお、ナナセグループがこの業界のトップを走り続けていられることは、ここにお集まりいただいた皆さん一人ひとりの力があってこそです。その努力に敬意を表し、私からの言葉とさせていただきます」

裕翔さんが挨拶を終えると、会場から大きな拍手が沸き起こる。

私も一社員として、壇上で頭を下げる裕翔さんに拍手を送った。

その後は、招待企業の代表からの祝辞や、周年を祝って贈られた祝花や祝電の紹介などが続き、その後は会社の歩みが映像で流れた。

閉会の言葉として、現会長である裕翔さんのお父様が挨拶をし、記念式典は無事に幕を下ろした。

続けて懇親会が開かれ、ドリンクサービス、食事の提供が始まると会場は歓談ムードとなり和やかな雰囲気に落ち着く。

自分の席から会場を見回し、裕翔さんの姿を捜した。

私のいる場所からかなり離れた会場の上座に、談笑している裕翔さんの姿を見つける。名刺を手に挨拶にくる人と言葉を交わしたり、創立記念式典とはいえ忙しいのがうかがえる。

ビジネスチャンスを掴むために、こういう特別な場で彼と直接話したい人間は無数にいるだろう。

この調子だと、裕翔さんのご両親に会って挨拶をするのは難しそうにも感じる。

それ以前に、裕翔さんと直接話すことも厳しそうだ。

式典の進行を見計らって、ひとり席を立ちレストルームへ向かう。

パーティーも少し前に始まったプレゼント抽選会を終えれば、残りわずかな時間だと思われる。

閉会の前には席に着いていないといけないと思い、メイク直しを手早く済ませて会場へと急ぐ。

「知花」

式典会場前の広間に差しかかったとき、向こうから裕翔さんが現れ、驚いて足が止まった。

「裕翔さん……」

さっき席を離れる寸前に見たときも、誰かと話している姿を目にしたばかり。

「お疲れさまです」

「お疲れさま。席を離れたのが見えたから」

「え、気づいてもらってたんですか？」

私は裕翔さんの様子を見ていたけれど、裕翔さんも私の動向をうかがってくれていたなんて驚きだ。あんなにひっきりなしに人に声をかけられていたのに。

「ああ、もちろん。声をかけるタイミングを見計らってた。それにしても……」

裕翔さんは私を見下ろし、ふっと笑みをこぼす。

「ずいぶんと真面目な装いで出席したんだな」

「えっ、この格好がですか？　真面目って……」

たしかに、普段のオフィスでの装いとほとんど変わらないけれど、こういう式典で失礼のない格好と思ったらこれに落ち着いた。

 スーツでも、ホワイトとか、明るい色味とかだったらよかったのかもしれない。

「もちろんＴＰＯをわきまえた服装で似合ってもいる。ドレスアップした知花を俺が見たかっただけだ」

またさらっとどきりとすることを言われて動揺する。

「創立記念式典が初めてだったもので、間違いのない無難な格好で出席しました」

「そうか。じゃあ次回は、俺の隣にいてもらうことになるだろうから一緒に決めよう。より美しい知花に、男たちの視線が集まって落ち着かなそうだけどな」

聞き返したくなるような言葉をかけられ、首をかしげそうになる。

そんなときだった。会場内から出てきた着物姿のお義母様が、こっちに向かって歩いてくるのが目に入る。

すかさず頭を下げた。

「ご無沙汰しております」

心の準備をする間もなく、お母様との再会を果たす。

「知花さん、お久しぶりね。夏にお会いした後、お食事でもと言っていたのに、時間も取れずに申し訳なかったわ」

「いえ」

「裕翔にも伝えていたけれど、あなたと直接お話ししたかったの。先日出た記事について」

いよいよおとがめを受ける覚悟を決め、返す言葉を慎重に頭の中で並べる。

最後まで、裕翔さんが〝選んだ女性〟として粗相のないように。それだけは最後まで演じきりたい。

「記事の内容については、あなたをうらやむ女性社員のでっち上げだったとは聞いているわ。裕翔が既婚者と関係を持つような常識のない人間ではないことも、私はよくわかっているから信じなかった。でも、あなたに離婚経験があるというのは、どうやら本当みたいね」

「はい。初めてお会いした日にお話しせず、申し訳ありませんでした」

以前食事をしたときのような和やかな雰囲気はそこにはなく、お母様は美しい顔に笑みは浮かべていない。

「伏せるように決めたのは俺なんだ。彼女は事実を偽ることにいい顔はしなかった」

私の謝罪に裕翔さんが間髪を入れず補足する。

「あの、でも、結局話を受け入れて伏せたのは私なので」

「俺が頼んだんだ、立場的にもあのときの君は受け入れるしかすべがなかっただろう」

裕翔さんはお母様に向かって「それも踏まえて、話がある」と真剣な眼差《まなざ》しを送る。

「彼女と、知花と結婚に向けて本格的に話を進めたいと思ってる」

お母様の顔が予想外のことを言われたかのようにハッと驚く。

「裕翔、落ち着いてよく考えなさい。あなたは、ナナセグループの後継者なのよ。妻になる女性だって、身辺が綺麗でないと」

お母様の言っていることは、意地悪でもなんでもないと素直に思える。

バツのついている女性より、初めて結婚をする女性のほうがいいに決まっている。

私がお母様の立場であれば、きっと同じように思い、息子にそう言うだろう。

そこへ、裕翔さんのお父様――会長が姿を現す。

私たち三人の様子を見て、なにを話しているのか察したようだ。

「あなた、裕翔が知花さんとの結婚話を進めたいって」

助けを求めるようなお母様の様子に、心苦しさを感じる。

もうこの場で、私は依頼を受けて婚約者役をしているだけですと暴露してしまいたい衝動に駆られる。

裕翔さんはいずれ、戸籍に傷のついていない女性と一緒になる。時がくれば、きっと……。

冷静になって現実を見すえると、急に切なさに襲われ胸を締めつけられた。

今ここで見ている光景、聞いている話が、嘘ではなかったらどれだけ幸せか……。

叶うはずもない、おこがましい願いが頭をよぎる。

「結婚は、知花とでないと考えていない。でなければ、一生独身を貫く」

私との結婚を反対され、認めないなら誰とも結婚はしない、独身でいる。これが、裕翔さんの最終目的地なのかもしれない。

お母様は困ったように眉を下げて「裕翔……」と力ない声で呼びかける。

「裕翔、お前の気持ちはできるだけ尊重してきたつもりだ。しかしな、今回の件は口を挟まないわけにはいかない。お前だってわかるだろう」

「そんなくだらない世間体のために、彼女を手放すことはできない」

お父様の威厳ある言葉にも裕翔さんは怯まない。

両者一歩も譲らない緊迫した空気の中、突然、どこからともなく豪快な笑い声が聞こえてきた。

「なんだなんだ、周年記念の会場前で揃って辛気くさい顔をして」

振り向くと、ご老人がひとり。隣に付き人を連れてこちらに向かってゆったりと歩いてくる。

ブラウンカラーのスーツに、ループタイを締め、かぶっているブラックの中折れハットを取ると、見覚えのある顔がにっこりと笑っていた。

この方は、あの電車の……裕翔さんのお祖父様！

「やっと会えた、会いたかったよ、知花さん」

「ご無沙汰しております」

驚きを抑えて頭を下げる。

お祖父様はやって来ると、裕翔さんの腕をぽんと叩いた。

「裕翔、結婚の段取りは進んでいるのか？　わしが身動き取れるうちに式を挙げてくれよ」

そう言ったお祖父様に、お母様は「お義父様！」と慌てた声をあげる。

「父さん、話をややこしくしないでくれ。今、この結婚は認められないと話していたところなんだ」

「認められない？　なぜだ」

明るかったお祖父様の表情が変わる。

「なぜって、ナナセのためにも、裕翔には結婚相手を選んでもらわないといけないでしょう」

お父様の説明に、お母様も「そうですよ」と切なそうに顔をゆがめる。

私がバツイチだというせいで、裕翔さんの家族がもめるのを見ているのがつらい。

いっそ、今この場で自分は裕翔さんの本物の相手ではないと告白してしまいたい。

そんな良心が姿を現すけれど、隣にいる裕翔さんの綺麗な横顔を目にするとその気持ちは静まった。

「いいや。ナナセのためにも、裕翔には自分で選んだ女性と一緒になってもらうべきだと思うがな」

「父さん！」

「裕翔はわしに似てこうと決めたら曲げないぞ？」

お祖父様は「そうだろう？」と裕翔さんに笑いかける。

「それに、もしお前たちが反対している理由が知花さんに離婚歴があるからという理由なら、すぐ彼女に謝るように」

どうやら、お祖父様も私がバツイチだという事実を知っているようだ。

「彼女は心優しい女性だ。わしは身をもってそれを知っている。裕翔も、そんな彼女だから惹かれたんだろう」

お祖父様からの言葉で、お父様とお母様は黙り込む。

まだ納得がいかない、腑に落ちないに違いない。

でも、そんなふたりにお祖父様は「心配いらない」と力強く言った。

「お前たちが産み育てた息子は、こんなに立派になった。ナナセも、これからもっと大きくなる。そんな裕翔の支えに、知花さんは必ずなってくれるよ」

お祖父様から出てきた言葉に、視界がじわじわと潤んでいく。

まるで自分が本当の婚約者で、ご両親の反対からお祖父様にフォローしてもらったかのような、そんな気分に陥っている。

「お祖父様、認めていただきありがとうございます。これから知花と、残りの人生歩んでいこうと思います。ナナセも、今以上に盛り上げていきたい」

裕翔さんからそう言われたお祖父様は、さっきと同じように豪快に笑い、「ああ」と力強くうなずく。

「裕翔、知花さん、日を改めて家族でゆっくり食事でもしよう」

お祖父様はそう言い、付き人とともに会場へと入っていく。

その姿を見送っていると、お父様が小さく息をついた。

「裕翔、知花さん。後日、時間をつくってほしい」

お父様はそう言い、お母様は頭を下げ、ふたり揃って会場へと向かっていった。

再びふたりきりとなり、裕翔さんを見上げる。

「あ、あの、裕翔さん。今のでよかったんですか？」

「なにがだ」

演じているのはわかっているけれど、あそこまで明確に言ってしまうのは今後に差し支えないだろうか。

あんなに寄り添ってくれるお祖父様まで騙す形になっていることに心が痛む。

「ご両親にも、お祖父様にも、あんなふうに……」

やっとふたりで話し始めたのもつかの間、「七瀬ＣＥＯ」と声がかかった。

気づけば周辺にはこちらに注目している人々が複数いて、今がチャンスと言わんばかりに近づいてくる。

自分たちの状況に気を取られて気づいていなかったけれど、七瀬家の人々が集まって話している光景は間違いなく目立ち、注目の的になっていたに違いない。

裕翔さんは声をかけてきた男性に「ああ、どうも」と顔見知りである対応で接した。

式典の出席者で、なにかの来賓の方だろう。

「少し聞こえてしまったのですが、もしかして、お隣の女性は……？」

問われて、裕翔さんは「はい」と快く即答する。

「まだ、正式には発表しておりませんが、私の婚約者です」

はっきりとそう言った途端、質問した男性も、その周囲で動向をうかがっている人々も、いっせいに驚いたような反応を見せる。

「そうでしたか！　奥様になられる方とは……！　それは、おめでとうございます。挙式披露宴もぜひ呼んでいただきたい！」

「はい、もちろんです」

会場前が盛り上がり騒がしくなってしまい、裕翔さんは「では」と周辺に挨拶をして私の肩をさらう。

「知花、式典が終わったら話したい。時間をもらえるか」

「あっ、はい」

裕翔さんは「後で連絡する」と言って私を席まで送り届け、会場の奥へと戻っていった。

式典が終わって見たスマートフォンには、裕翔さんからのメッセージが届いていた。

後ほどホテルエントランス前の車寄せで待っているとあり、待たせないように急いで外に出ていく。

数分後、黒塗りの裕翔さんの車が姿を現した。

「寒いのに外で待っていたのか」

助手席に乗り込んだ私への第一声はそれで、あたり前に出てくる気遣いに自然と顔が綻ぶ。

「大丈夫です」

「朝晩は大分冷えるようになっただろ」

シートベルトを締めた私の手を、裕翔さんがそっと掴む。

触れた温かい手に鼓動が主張し始めたけれど、裕翔さんはすぐにその手でハンドルを握った。

「今日はお疲れさま」

「はい。改めまして、三十五周年おめでとうございます」

「ありがとう。今日を迎えられたのも、うちに関わり携わってくれたたくさんの人たちのおかげだ」

車はホテルの敷地内を出て、すっかり日の暮れた日比谷《ひびや》通りを走っていく。

なにから、どこから切り出そうかと静かな車内で考える。

でも、一番はやはり気にかかっている心配事。

ご両親やお祖父様と話してから、ずっと気がかりでそればかり考えている。

「裕翔さん、あの……さっきのは、やりすぎではなかったかと……」

話を切り出すと、運転する裕翔さんが「やりすぎ？」と繰り返し、ちらりとこちらに目を向ける。

「はい。結婚前提、婚約者の〝フリ〟なのに、ご両親はもちろん、お祖父様まであんなふうに騙すような形になって……。それに、婚約者だとあんな大々的に言ってしまって。やりすぎではないかと。私は失うものもないですからいいですけど、裕翔さんは、困るのではないかと」

これでは、後で収拾がつかなくならないか逆に心配になっている。

それに、裕翔さんを信頼しあんなふうに味方になってくれるお祖父様まで結果的に裏切る形になってしまうのは、私としても正直心苦しい。

「やりすぎって、なにを言ってるんだ？」

「え……？」

「これで、晴れて話を進められる」

満足そうな裕翔さんの様子に困惑が広がる。

話を進められるって……？

「あの、ごめんなさい。話の行方が見えないのですが……」

下手に理解したふりはせず、素直に伝える。

すると、裕翔さんは急に大通りを走っていた車を低速に落とし、路肩へと停車させた。急に何事かと身構える。

「もしかして、知花って相当な天然なのか？」

「えっ？　そ、それはないかと」

天然などと今まで言われたことがない。

どちらかといえば、真面目でおもしろくないタイプだと自負しているくらいだ。

「それなら、俺が君を想っていることはもちろん伝わっているんだよな？」

「……えぇっ!?」

裕翔さんは〝やっぱりな〟みたいな顔をして笑う。

え、待って、これは、からかわれているの……？

「やっぱり最上級レベルの天然認定だな。俺なりに伝えてきたつもりだったが……だめだったか」

落ち着いて思い返してみると、どきりとするような言葉は何度も言われている。

特別に想い始めていると言われたこともあったし、元夫の話をしたときは嫉妬のような感情になったと言っていて戸惑った。

誕生日をこの先ずっと祝いたいとも言われたし、私との偽りの関係が嘘から出たまことになればいいなんてことも言っていた。

けれど、それが全部本当だなんてまさか思うはずが……。

「だめなんて！　違うんです！　たしかに、思いあたる言葉はもらってましたから。でも、素直に受け取るにはおこがましいって無意識に……」

「それなら、素直に受け取った上での知花の返事が聞きたい」

真剣な眼差しを向けられ、鼓動が早鐘を打ち始める。

初めて呼び出されたときは、顔を合わせるのも話すことにも緊張した相手だった。

冷徹と陰で言われているＣＥＯとの不思議な偽装婚約者契約は、初めは仕事の重要任務のような感じだった。

そんな始まりだったけれど、一緒に過ごすうちに仕事では知ることのできない彼のさまざまな一面を目のあたりにし、そのたびに心が揺さぶられていった。

いつからか特別な感情を持ち始めていたのも自覚している。

でも、それはそっとしまい、誰にも知られず葬るつもりでいた。

自分の想いだけで突き進んでいいのなら……。

「知花、君のことが好きだ」

私が気持ちを口にするよりも先に、裕翔さんからはっきりと告白を受ける。

その瞬間、閉じ込めていた感情があふれ返るようだった。

「裕翔さん、私……私も、裕翔さんを好きになってしまいました」

とうとう口に出した気持ち、本人を前に伝えてしまった気持ち。

体の熱が上がっていくのを感じながら、裕翔さんが微笑むのを見ていた。

「なってしまいました、なんて……知花らしいな」

裕翔さんは手を伸ばし、指先でそっと頬に触れる。優しくなでられてきゅんと胸が震えた。

「好きになってもらえて、よかった」

「そんな……それは、私のセリフです」

鼓動が今まで感じたことないくらい盛大に鳴り響いている。

裕翔さんは再びハンドルを握り、路肩に止めていた車を走らせる。

「知花、今日は君を連れて帰らせてもらう」

突然の予告に驚いて「へっ！」と素っ頓狂な声が出ていたけれど、裕翔さんはそんな私にすら愛おしそうに笑ってくれた。


車は十分もしないうち、過去二度ほど訪れた裕翔さんのマンションの駐車場へと停車する。

駐車場に車を入れると、裕翔さんは私の手をしっかり握って引いていく。

いつものようにエントランスロビーでコンシェルジュと会釈だけ交わし、エレベーターへと乗り込む。

三十七階に向かうふたりきりの空間で、裕翔さんは私の唇を甘い口づけで奪った。

「裕翔、さん……」

「そんな顔で見つめないでくれ、理性が保てなくなる」

エレベーターが目的階に到着すると、裕翔さんは少し強引に私の手を引き自分の部屋へと向かっていく。

手早く玄関を解錠し、ドアの内側に入ると同時に再び口づけを落とされた。

「んっ……ン、んぅ……」

壁と彼の体に挟まれ、深い口づけを受け止める。

触れ合う唇を堪能すると、唇を割って舌先が出会う。

下手に吐息を漏らす私と違って、裕翔さんはキスを楽しんでいるかのように余裕がある。

頬を包み込む大きな手が、首をすべり肩、腕から脇腹をなでて下りていく。

「悪い、止められない」

耳もとでささやくようにして聞こえた声に、ぶるっと肩が揺れる。

ジャケットのボタンは呆気なくはずされ、中に着ているブラウスのボタンに手がかかる。

「止めなくて、いいです……」

自然と出てきた自分の大胆発言には度肝を抜かれたけれど、彼がこんなに情熱的に求めてくれていることに高揚している。

返事を聞いた裕翔さんは腰を落として私のパンプスを脱がせる。

そしてあっという間に軽々と抱き上げると、足早に部屋の奥へと進んでいった。

誕生日を祝ってくれたダイニングを通過し、リビングにある階段を上がっていく。

上った先には天井の高い廊下があり、数室の扉が見える。裕翔さんはそのうちのひとつのドアを開け放った。

間接照明だけ灯る薄暗い部屋の真ん中には、キングサイズのベッドがひとつ。

私をそこまで運んでいき、そっと横たわらせた。

はだけたジャケットと、上部数個が開いたブラウスが今さら恥ずかしく感じて、両手で胸もとを押さえる。

裕翔さんは自身のスーツのジャケットを脱ぎ、ベストも手早くボタンをはずした。

ネクタイを緩めながらベッドへと足をかける。

「知花」

覆いかぶさった裕翔さんと、鼻先が触れそうな近さで見つめ合う。

改めて見ても整った美しい顔に、私の顔面には熱が集まってくる。動悸も尋常じゃない。

「見せてくれるか、知花のすべて」

小さくうなずいて応えると、唇を塞がれ体の線をなぞられていく。

ブラウスのボタンがすべてはずされ、中に着ているキャミソールまで脱いだ。

「裕翔さん、私……」

流れるような勢いでここまで来たものの、下着だけの姿になって急激にこの後の展開に不安を募らせる。

私の声の調子でなにかを察したのか、裕翔さんは「どうした」と私の頭を優しくなでた。

「あの、その……あまり、こういうことに、いい思い出がないと言いますか」

説明が難しいというか、どんなニュアンスで伝えたらいいのか困って、なんとか言葉を紡ぐ。

あまりはっきり言うのも生々しい。

元夫との性生活で、行為自体に苦手意識が芽生えてしまったのだと自覚している。

愛を確かめ合うこと、お互いが想い合えば自然と求めること。

でも、元夫とはそうではなかった。彼の気分と欲求により求められ、それはいつでも自分本位だった。

だから、私にはいい思い出として記憶されていない。

「いずれ、思い出さなくもなる」

裕翔さんはそう言うと、私の耳もとに唇を近づける。

「それくらい、俺が知花を愛して甘やかすからな」

どきりとする言葉とともに耳たぶに口づけられて、思わぬ声が口から漏れる。

裕翔さんはくすっと笑って、髪や頬にキスの雨を降らせていく。

その言葉通り、裕翔さんは優しく私へと触れてくれる。

繊細なガラス細工でも扱うように、丁寧に安らかに。

でも、行為一つひとつから好きだという気持ちも伝わってきて、求めてくれているのも感じられる。

触れられる悦びを感じ、このまま離れたくないとまで強く思う。

たっぷり時間をかけて私の隅々まで触れた裕翔さんは、呼吸を弾ませている私を組み敷く。

熱く滾る自身でゆっくりと私を貫いていく。

過去の経験のせいで無意識に身構えていたけれど、驚くことにまったく不快感も痛みすらもなかった。

「裕翔さ、ん……」

「つらくないか？」

「はい、だいじょう、ぶです……」

それよりも、もっと密着したいという欲求さえ生まれる。

自ら彼の広い背中に両手を回して抱きしめた。

「裕翔さっ、んっ、あっ――」

揺さぶられる熱い体とともに甘い声が寝室に響く。

「この世で一番、知花を知っている男にならないと気が済まない」

昇りつめるような初めての感覚を覚えたとき、裕翔さんのそんなささやきを聞いた。

薄っすらと目を開ける。室内はまだ薄暗い。

うつ伏せで寝ていたらしい体をゆっくりと持ち上げてみると、床から三十センチほど持ち上がっているロールカーテンの向こうに見える高層階からの景色はほんの少し白み始めていた。

脱力して再び横になったベッドには、まだ眠っている裕翔さんの姿がある。

目をつむっているところなんて今まで見たことがなくて、間近でじっと観察する。

いつも目力に圧倒されてそこまで観察できていなかったけれど、伏せた目もとは意外にもまつげが長いことを知る。

いつもきちっとセットされている黒髪はさらりと流れて顔にかかっている。

顎のラインから首筋、広い肩幅に視線を奪われると、昨夜の甘い時間を鮮明に思い出して勝手に体中が熱くなっていくのを感じた。

ここに帰ってきたときは惹かれ合うままに互いを求め、初めて体を重ねた。

それから裕翔さんに連れられ一緒に入浴をし、その後また寝室に戻ると飽きずに彼は私を求めてくれた。

外は明るくなってきているようだけれど、眠りについてからまだそんなに時間はたっていない気がする。

想いが通じ合ってから怒涛の展開すぎて、まだこうして彼の寝顔を隣で見ている実感が湧いてこない。

「目覚めるの早くないか？」

「え、起きてたんですか？」

急につむっていた目が開いてどきりとする。

しっかり眠っていると思ったのに、裕翔さんの顔を見るとどうやら私よりも先に目が覚めて起きていたようだ。

私が起きたから寝たふりをしたようで、薄い唇に笑みをのせる。

「少し前にな。正確には、ちゃんと眠ってないと思う」

「眠れなかったんですか？」

「知花が隣にいるんだから、興奮冷めやらないだろ」

ふざけてそんなことを言う裕翔さんに「もう……」と照れて顔を熱くする。

裕翔さんは手を伸ばして私を引き寄せた。

温かい腕の中に包まれ、鼓動の高鳴りが全身を包んでいく。静かなベッドの中でその大きくなっていく音が裕翔さんに聞こえていそうで恥ずかしい。

数時間前までの甘く濃厚なひとときを彷彿とさせる。

「でも、こうして君を抱きしめていることにずっと高揚しているのは嘘じゃない。幸せを噛みしめている」

「それは、私も同じです」

裕翔さんは腕を緩め、私を覗き込む。

「これからのことをゆっくりと決めていこう。知花のご両親にも正式にご挨拶に伺いたい」

「は、はい！　裕翔さんのご両親には、私のこと、納得してもらえるでしょうか……」

やはり、そこだけは不安材料として残っている。

お祖父さんが話をまとめてくれた感じではあったけれど、ご両親は完全には納得していないと思っている。

「大丈夫だ、心配いらない。両親も、知花をもっと知っていってくれたら離婚歴など気にしないはずだから」

「そうであればうれしいです」

ご両親にだって納得した上で、認めてほしいと願っている。

そのためには、私が誠意を持って包み隠さず話をし、裕翔さんへの想いも知ってもらうしかない。

みんなに祝福されるのが、誰も傷つかず、誰もが幸せになれるのだから。

「まだ早い。今日は休日だ、もう少しゆっくり眠ろう」

裕翔さんが私にかかる布団を整えてくれる。

「はい、そうですね」

彼の香りに包まれ、温かい腕の中で再び静かに目をつむった。

9 今度こそ本物の幸せを

三十五周年記念式典から二週間もすると、今年も早いもので十一月に入った。

都内の街路樹も紅葉が見られるところも出てきていて、すっかり秋を感じる。

もう一か月もすれば街はクリスマス一色になって、あっという間に今年も終わっていくのだろう。

「知花？　大丈夫か」

さっきから一点を見つめている私を、横から裕翔さんが覗き込む。

「あ……着いたんですね？」

いつの間にかエンジンが停止した車内から外に視線を向けると、見慣れない大きなお屋敷の門が目の前に見える。

「ああ、降りよう」

通常通り勤務を終えると、裕翔さんから時間をつくれないかとメッセージが入っていた。何事かと思いながら退勤後に会うと、ご両親から自宅へ来るようにと連絡があったという。

周年記念式典のとき、改めて会って話す機会を設けたいと言われていた。

いずれその日を迎えるのはどこかで構えていたけれど、急すぎてまったく心の準備ができていない。

裕翔さんが降ろしてくれたのは、南麻布《みなみあざぶ》にある彼の実家の前。高級住宅街の中に建つお屋敷は、コンクリートの高い塀に囲まれた立派な近代建築の家だ。

「そんなに緊張しなくていい」

「そう言われましても……緊張しないわけには」

がちがちの私を、裕翔さんはおもしろそうに笑う。

そうこうしている間にも玄関が迫り、裕翔さんは扉を解錠して私を招き入れた。

「ただいま」

事前に帰宅を知らせているからか、奥からすぐにお母様が姿を見せる。

「ご無沙汰しております」

すかさず頭を下げ挨拶すると、お母様も「知花さん、いらっしゃい」と私を迎え入れてくれた。

通された広いリビングには、すでにお父様がひとりソファ席に掛けていた。

「知花さん、裕翔。勤務後に呼びつけて悪かったな」

お父様の向かいの席を勧められ、挨拶をして腰を落ち着ける。

すぐにお茶を用意したお母様もお父様の隣に掛け、いよいよ話をする空気が整った。

「式典のときは、申し訳なかった。私たちも、なにも知らずに騒ぎ立ててしまった」

話を切り出したお父様にまず謝られ、私は即座に「いえ！」と答える。

「知花さん、君の社内での評判を多方面から聞かせてもらったよ。部署異動をしてから、がんばっているそうだね」

「はい、ありがとうございます」

「新サービスのことも聞いたよ、熱心に取り組んでいると。離婚を経験されて、夫婦関係というものに特別な思いがあるからこそ、プロジェクトも成功したに違いない」

ありがたく光栄な言葉をかけてもらい、深く頭を下げる。

これまでがんばってきた日々を認めてもらえるのはなによりうれしい。

「その過去があるからこそ、きっと知花さんは裕翔を大切にしてくれると、私たち夫婦で話したんだ。きっと愛情深い人だろうと」

そんな言葉を受け、ぶわっと目に涙が浮かんでくる。

裕翔さんが黙って私の背に手を添えた。

「改めて、知花さん。息子を、裕翔をよろしくお願いします」

お父様がそう言うと、お母様も「支えてやってください」と頭を下げた。

隣を見ると、裕翔さんもどこかホッとしたように微笑を浮かべている。

「こちらこそ、ふつつか者ですが末永くよろしくお願いします」

目にたまった涙がぽろぽろと流れ落ち、潤む視界の中でご両親の優しい表情を見ていた。


夕方になるとオフィス周辺はクリスマスイルミネーションが点灯され、細かい青い光が幻想的に街を輝かせる。十二月中旬。あと一週間もすればクリスマスだ。

「すみません、お先に失礼します」

支度を済ませて席を立ち上がり、チームの面々に声をかける。

チーム長はじめ、みんなから「お疲れさま！」と爽やかな声が返ってきた。

一時はフェイクニュースでチームの面々にも迷惑をかけてたけれど、みんなは真実を見極め、信じて見守ってくれていた。

異動してきてこの短期間でいろいろなことがあったけれど、いいチームメンバーに恵まれ毎日充実している。

今日は一か月ぶりに裕翔さんに会える日。

裕翔さんのご両親に会いに彼の実家を訪れた直後、裕翔さんは一か月ほど仕事で渡米していた。

今日の午後に帰国するから、夜は一緒にディナーに行こうと誘ってもらっていて、約束をした数日前から楽しみにしていた。

今日は金曜日。週末は一緒に過ごそうと話している。

迎えに行ける時間が読めないため、仕事後は通常通り帰宅して、自宅マンションに迎えに来てもらうという予定になっている。

オフィスを出て、いつものエレベーターに乗って一階エントランスを目指す。

退勤時間というのもあり、ビル内に入っているさまざまな企業の社員たちが乗り合いで一階を目指す。

一階に到着すると、やはりエントランスロビー内は多くの人で賑わっていた。

人の行き交う自動ドアをビルの表に出ていって、目に飛び込んできたものに足が止まりかける。

えっ……？

数十メートル先の正面に立つ、上背のあるスーツ姿。私を見つけると端整な顔が微笑む。

その手には、見たことのないような抱えきれないほどの花束がある。

「裕翔さん……⁉　どうしたんですか⁉」

慌てて駆け寄っていくと、裕翔さんは一歩ずつ私へと近づいてくる。

向かい合うまで距離が縮まると、その花束は白とピンクの大量のバラだというのがわかった。

「すごいバラの花束……」

いったい何本あるのだろう。裕翔さんは私にその大きな花束を差し出す。

裕翔さんでも抱えている姿が迫力があったのに、私が持ってみるとさらに大きく見える。

バラの香りに包まれて、眼下に花畑が広がっているみたいだ。

「これ、私に……？」

「受け取ってもらえるか」

「こんなすごいバラの花束、生まれて初めてです」

「でも、この中に本当に渡したいものがあるんだ」

そう言った裕翔さんはまた私の手から花束を受け取る。

「この真ん中を探してみて」

「え……？　なにかあるんですか？」

言われた通り、バラを傷めないように花束の真ん中を探っていく。

「……これ」

バラの中から出てきたのは、重厚なレッドカラーのリングケース。

「開けてみて」

裕翔さんに見守られて、リングケースの上部をそっと開く。

中には大粒のダイヤモンドのエンゲージリングが入っていた。

「知花、改めて……結婚してほしい」

まったく予告のないサプライズに、驚くことも追いつかない。

ただ、街の光にきらめくエンゲージリングを見つめ、裕翔さんの顔を見上げる。

「裕翔さん……」

こんな夢みたいなプロポーズ、自分がしてもらえるなんて思いもしなかった。

「はい。ふつつか者ですが、末永くよろしくお願いします」

裕翔さんが花束ごと私を抱き寄せる。そして私の手にあるケースからエンゲージリングを取り出し、左手の薬指にはめた。

「すごい、ぴったり」

「こっそりサイズを測ったからな。知花の寝ている間に」

「そうだったんですか？　ぜんぜんわからなかった」

気づけば周辺で私たちを見守っている人たちもいて、小さく拍手も聞こえてくる。

裕翔さんは「行こうか」と言って、花束を持つ手と反対の手で私の腰に腕を回した。

「今日は、知花の行きたいところに行こう。どこでも連れていく」

「え、本当ですか？」

一度結婚に失敗して、この先の人生ひとりきりで歩んでいくと思っていた。

もう恋なんてしない、誰かを好きになることなんてない。

そう思っていた私の凍てついた心を、優しさと温かさで包み込み溶かしてくれた人。

「どこに行こうか、知花」

彼に出会い、こうして結ばれた幸せを命ある限り感じていきたい。

私を真っすぐに見てくれるその眼差しに心からそう願った。

Fin.

特別書き下ろし番外編

あなたとならどこへでも

「どこに行きたいか思いついた?」

裕翔さんの車に乗り込むと、数分前に聞かれたことを再度質問される。

どこでも知花の行きたいところに連れていくと言われて驚いて、頭をフル回転して行き先を考えながら乗車した。

行きたいところ、一緒に行きたいところはたくさんあるけど……。

「海、ですかね……今まで裕翔さんと行ったことがない場所で考えたら、浮かんだのですが」

「海か」

「あ、でも、ありきたりですよね」

裕翔さんは微笑を浮かべ「そんなことない」とスマートフォンを取り出す。どこかに電話をかけ始めた。

「こんばんは、七瀬です。先日お願いするかもしれないとご連絡していた件で——」

通話をしながら、裕翔さんは私のシートベルトを取ろうと体を寄せる。距離が近づき、久しぶりに彼の香りを感じて胸がときめいた。

「ありがとうございます。では、後ほどよろしくお願いします」

話し終えると、自分のシートベルトも装着する。

「じゃ、知花のご要望通り出発しよう」

「海へですか？」

「ああ、連れていきたいところがある」

思いつきのように行き先を要望したけれど、今から海に向かってくれるようだ。

連れていきたいところって、どこだろう？　楽しみだな。

会社から高速道路などを使い、約一時間半。到着したのは、神奈川県《かながわけん》の葉山《はやま》。

車が入っていったのが、門を開けるスタッフが待機する敷地ですでに圧倒される。

しっかりとした門構えのその先には、真っ白な美しい邸宅のような建物。一歩敷地内に入れば、日本国内とは思えない雰囲気だ。

駐車場スペースに車を停め、裕翔さんは「今降ろす」と先に車を降りていく。

助手席のドアを開けると、いつも通り手を差し伸べられた。

「ありがとうございます。ここは……？」

「会員制のプライベートホテルだ」

「会員制、プライベートホテル……」

つい無意識に復唱する。

会員制なんていうのは、一般人が気軽に予約して来られるところではない。

手を引かれ向かった白い建物のエントランス先には、黒服のスタッフがふたり。私たちの到着を待っていたようで、「七瀬様、お待ちしておりました」と迎えてくれた。

驚いたのは、エントランスロビーの造りと雰囲気。

白を基調としたクラシックな内装で、床は一面大理石。奥にソファ席が何席かあるラウンジで、その先には全面オーシャンビューが広がっている。

「急なお願いを聞いてもらい、ありがとうございます」

「とんでもございません。ご案内いたします」

天井が高く開放的なエントランスロビーから、奥へと案内されていく。ロビーの中央奥に螺旋状に二階へと上がる広い階段があり、そこを上がっていった。

「すごい施設ですね……」

私の率直な感想に、裕翔さんはふっと微笑を浮かべて応えてくれる。

私が思いつきのように海と言ってこの場所に連れてきてくれる裕翔さんは、やはりすごい人だ。

「お食事は、いつ頃ご用意いたしましょうか？」

スタッフから夕食について聞かれると、裕翔さんは一番に私に目を向ける。

「おなかは空いている？」

「そうですね、はい」

ランチ後はとくに間食をしていないから、おなかはいい感じに空いている。

裕翔さんは「この後すぐに用意してください」とスタッフに頼んだ。

部屋まで案内を終えたスタッフが立ち去り、いよいよ入室する。

裕翔さんが扉を開けてくれて室内が見え「わぁ……！」と自然に声が出た。

広いリビングルームの先には、天井までの大きなガラス窓。

近づいていってみると、その先にはオーシャンビューが広がる。

すでに陽は落ちたけれど、遠くには漁船なのか明かりが浮かんでいるのが見えた。

そして驚いたのが、そのオーシャンビューを目の前にして、窓の外にライトアップされたプライベートプールがある。

「すごい……夏だったら泳げたのに」

「入れるぞ、冬場は温泉になっているから」

「えっ！　そうなんですか？」

よく見ると、水面から薄っすら湯気が漂っているのが見える。

歓喜の声をあげた私を、裕翔さんは背後から両手で包み込む。振り返ろうとしたところで抱きしめられて、どきりと鼓動が跳ねた。

「食事が終わったら入るか」

「はい、入りたいです」

こめかみにキスを落とされ、目が合うと傾いた綺麗な顔が近づく。唇が塞がれて、裕翔さんの背中に腕を回した。

深まる口づけに体の熱が上がっていく。これ以上はと思った瞬間、そっと唇が離された。

「続きは食事が終わってからにしよう」

甘いささやきを聞いたとき、ちょうど部屋のインターホンが鳴らされた。

ディナーは部屋で豪華な創作フレンチをいただいた。

地元の海で採れた海の幸を使った贅沢なメニューの数々と一緒に、おいしいワインをいただき大満足。

その後、私が入りたいと言っていたオーシャンビューを前にしたプライベートナイトプールならぬ、ナイト温泉にふたりで入った。

すっかり夜も更けて目の前に広がる海は真っ暗だけど、耳を澄ませば潮のささやきが聞こえてくる。

ちょうどいいお湯加減の温泉に肩まで浸かりながら、「はぁ……」と幸せのため息が出てくる。

「明日、明るくなってからの眺めも楽しみです」

「ああ、ゆっくり海を眺めるにはいい場所だと思う。知花が気に入ったなら、またいつでも連れてこよう。ここなら都内からも気軽に来られる距離だからな」

どこに行きたいと聞かれて思いつきで海と言ったら、こんなにすてきな場所に連れてきてくれる。

でも、あのとき違う場所を挙げていたらどんな夜になっていたのだろう？

「裕翔さん？　今日、私が海に行きたいと言ったからここに連れてきてくれたじゃないですか。もし違う場所を挙げていたら、どうしていたのかなって」

「どうしていたとは？　それは、知花の行きたいと言った場所に連れていっただけだろう」

「え？　そうなんですか？　私、不思議で……事前に聞かれていたわけでもないのに、こんなにすてきな場所に連れてきてもらったので」

そう言うと、裕翔さんはくすっと笑う。

「どこと言われても知花の希望に添えられるように、ある程度の場所に事前に声をかけておいたんだ」

「えっ？　じゃあ例えば……星が見たいと言ったら星空が綺麗な場所とか、そういうことですか？」

「そういうことだ」

やっぱり、すごい……。

『ある程度の場所』なんて言うけれど、かなりたくさんのところにコンタクトを取ったに違いない。

普通の人にはできない神技だ。

「今日は、あんなサプライズでエンゲージリングまでいただいて、一生忘れない日になりました」

横で裕翔さんが柔和な笑みを浮かべたのを見上げて、自分から彼の胸に飛び込む。

裕翔さんは黙って私を両手で抱きしめてくれた。

「あの、今度は、私がデートプランを考えます！」

思いついてその勢いのまま口にする。

突拍子もない提案だけど、いつもいろいろ準備してくれているからなにかしたいと思ったのだ。

「知花が？　それはうれしいし楽しみだな」

裕翔さんはとびきり優しい声でささやく。

こうして私の話も柔軟に受け入れてくれるところも大好き。なんでも安心して話してみようと思える。

「じゃあ、なにか考えておきますね。楽しみにしていてください」

「ああ、知花が俺との時間について考えてくれることが幸せだ」

そんなうれしいことを言ってくれた唇にキスを落とされて、また逞しい背中に手を回す。

裕翔さんは私を抱いたまま温泉の中に肩まで浸かった。

水着の上から体の線をなぞられて、つい甘い吐息が漏れる。

「温まったら出よう。続きはベッドの上で」

「はい」

耳もとでささやかれて、すでに体は火照り始めていた。

＊＊＊

今年も残すところわずかとなった十二月二十四日。

今日は午後一で役員会議があり、十六時から一件人と会う約束が入っていた。その後、夕方以降のスケジュールは入れないように調整をお願いしていた。

『明日は、終業後に本社前で待ち合わせにしましょう』

知花からはそう言われている。

葉山に宿泊した日、知花から今度は自分がデートプランを考えたいと提案があった。うれしい申し出で、あの日から今日が楽しみで待ち遠しかった。

仕事を終えてスマートフォンを見ると、もうすぐ着くとメッセージが入っていた。

坂東に断りを入れてオフィスを後にする。

社屋を出ると外はすっかり暗く夜の街になっていた。

「裕翔さーん！」

名前を呼ばれて目を向けると、向こうから知花が小走りで近づいてくる。

淡いラベンダーカラーのロングコートに、ライトグレーのモヘアのマフラーを巻いていて暖かそうな装いの知花は、満面の笑みを浮かべて目の前までやって来た。

「お疲れさまです」

「お疲れさま」

　この間会ってまだ一週間しかたっていないのに、会いたくて仕方なかった。今すぐ抱き寄せたい気持ちを必死に抑える。

「今日はよろしくお願いします！」

　意気込むような様子に思わずくすっと笑う。今日は初めてのパターンだから、知花もいつもと違う気分で約束に現れたのだろう。

「こちらこそ、楽しみにしてた」

「あ、でも、そんな特別すごいプランではないので、温かい目で見守ってください」

「知花と一緒に過ごせるだけで俺にとっては特別だから問題ない」

　大きな二重の目が三日月形になり、はにかんだ表情を見せる。照れたような、でもうれしそうな、彼女のそんな顔も大好きだ。

「そう言ってもらえるとありがたいです。じゃあ、行きましょうか」

「車は出さなくていいのか」

「はい、今はとりあえず徒歩です！」

　デートプランは提案してくれるものの、必要に応じて運転する気でいた。

でも、どうやら今のところ出番はないらしい。

オフィスを出て、並んで日の暮れたオフィス街を歩いていく。どこに向かっているのだろうと聞こうとしたとき、自由な左手がそっと冷たい指先につかまった。

見下ろすと、なにかを言いたげにじっと目を合わせてくる。

「あの……手、つないでもいいですか」

遠慮がちにうかがう様子に、胸がときめく。

知花に出会ってから、初めての感情に多く気づかされるようになった。

誰かをこんなに愛しく思う気持ちは、温かくて尊い。

「もちろん」

指を絡めて手をつなぐ。知花のほうからもぎゅっと握り返してくれた。

「クリスマスなので、一緒にイルミネーションを見たいなと思いまして」

「いいな、この辺りは毎年綺麗だから」

でも、ひとつ気がかりなことが浮かぶ。

今日はクリスマスイブ。都内のイルミネーションスポットとして有名な丸《まる》の内《うち》は多くの見物客で賑わっている。

これだけ人の多い場所では、嫌でも視線を受けることになるはずだが……。

「わぁぁ、綺麗……！」

街路樹がシャンパンゴールドの細やかなイルミネーションに彩られていて美しい。煌めく景色を前に、知花の目もキラキラと輝いて見える。

「裕翔さんと一緒に来られてうれしい」

「ああ、俺も」

「あっ、見てください！　あそこでグリューワイン売ってるみたいです」

知花に手を引かれ、クリスマスマーケットが開催されているイベントスペースに入っていく。

クリスマスイブのイルミネーションという特別なシチュエーションで、一時的に周囲が気にならなくなっているのか。

知花の様子を気にしている自分のほうが、普段は気にも留めない周囲の視線を感じている。

そうこうしているうちに販売の列に並び、「ふたつください」と彼女が注文した。

「裕翔さんのです、どうぞ」

「ありがとう」

手渡すと同時、知花は「あっ」と声をあげる。

「でも、アルコールまずいですよね。車だってことをすっかり……」

「ああ、それはかまわない。今日は車を置いて帰るとか、どうとでもなる」

「そうですか、よかった」

近くに空いているスタンディングテーブルがあり、知花はそこを陣取る。早速温かいワインに口をつけた。

そんな中、どこからともなく「ねぇ、ナナセのCEOじゃん！」という女性の声が聞こえてくる。

あきらかに知花にも聞こえているはずなのに、彼女はにこにこしてワインをすすり始める。

「知花、場所を移すか」

以前にランチタイムで失敗して、彼女と一緒のときは人目には細心の注意を払おうと気にかけてきた。

これでは、またふたりの時間が外野によって台なしにされかねない。

「大丈夫です、裕翔さん」

しかし、知花はすべてを悟っているかのように微笑を浮かべる。

「私、考えたんです。これからは、人目を気にしすぎないようにしようって」

ワインの紙コップの中にふうふうと息をかけると、湯気がほんのり彼女の顔を隠す。目を合わせた知花はどこか恥ずかしそうにはにかんだ。

「裕翔さんの奥さんになるために、もっと堂々としてないとって」

「知花……」

思わぬ言葉が返ってきて、すぐに返答ができなかった。

驚いて、でもうれしくて。知花がそんなふうに思ってくれていたと知って、なんとも言えない感情が込み上げてくる。

「温まりますね」

何事もなかったかのような顔をしてワインに口をつける彼女に、またひとつ愛しい気持ちが膨らんだ。

イルミネーションをひと通り楽しんだ後は、知花から住まいの部屋に来てほしいと招待をされた。何度か迎えに行ったことがある社員寮だ。

1Kの室内は、知花らしい落ち着いたナチュラルな雰囲気で居心地がいい。

年明けにはこの場所を引き払い、一緒に住み始めることが決まっている。その前に招待できてよかったと知花は今さっき言っていた。

部屋に通してもらうと、木調でグリーンファブリックのふたり掛けのソファを勧められる。

コートを受け取ってハンガーにかけた知花は、『少し待っていてください』とリビング横にあるキッチンに立つ。冷蔵庫を開けたり閉めたり、忙しそうに動いている。

「今日は出すだけのために昨日作っておいたので、あまり凝ったものはできなかったんですけど……」

そう言って戻ってきた手には、大きめのプレートがふたつ。

運んできたのは、野菜と一緒に盛りつけられているローストビーフ。もうひとつには両手に収まるほどの小ぶりなショートケーキがのっている。

「知花の手作りか」

「はい、裕翔さんみたいにフルコースとか作りたかったんですけど、今年は叶わず……また、来年にでも」

「それなら、来年は一緒に作るか」

提案してみると弾んだ声で「はい！」と返事をしてくれる。

「おいしそうなローストビーフだな」

「昨日、出来立ての味見ではやわらかさもいい感じでおいしかったんですけど、冷蔵庫に入れちゃったので、微妙かもしれないです」

知花は「お酒と取り分け皿持ってきますね」とまたキッチンに向かった。

ローストビーフとケーキをスパークリングワインとともにおいしくいただき、腕時計に目を落とすと二十一時を回っていた。

「裕翔さん、お願いしていたもの、忘れてませんか？」

グリューワインに、帰ってきてからスパークリングワインも飲んで、知花は程よく酔いが回ってきているようだ。

普段より少しだけ話し方もリラックスしている。

「もちろん。持ってきてる」

「あ、じゃあやりましょう。プレゼント交換！」

今日のデートプランは教えてもらっていなかったが、ひとつだけ事前にお願いされていたことがあった。

それは、プレゼント交換をしたいという申し出。

一泊したあの日、次回会える日がクリスマスだという話から、プレゼント交換をしたいと知花に提案されたのだ。

『あまり高価なものは禁止です！』と言っていた知花の顔が真剣で印象的だった。

「私からは、これを……形でなにかわかっちゃいますね」

紙袋から取り出した細長い箱で、おそらくネクタイであることは予想がついた。

「開けても？」

「はい」

包装を解くと、中から出てきたのはセンスのいいグレー地のネクタイ。よく見ると織り模様から薄っすらチェックにも見える。

「裕翔さんの持ってなさそうなものをと思ったんですけど、私の知っている限りだから似たようなの持っていたらすみません」

「いや、持ってない。ずいぶんいい生地のネクタイじゃないか？」

「裕翔さんが普段身に着けるものに比べたら、そんなことは。一応、オーダーメイドではあります」

ひと目見れば、質のいいものかはすぐにわかる。

ん……？　でもこれでは話が違うのでは？

「あまり高価なものは禁止と言ったのは知花じゃないか？」

オーダーメイドのネクタイでは、それなりの金額をしたはずだ。

知花はへへっとごまかすように笑ってみせる。酔ってほんのり赤い顔でそんな仕草は反則級にかわいい。

「私はいいんです。裕翔さんは、私に何度も高価なプレゼントをくださっているので。私も、開けてみていいですか？」

膝の上にある紙袋の中を覗いて知花が聞く。

気に入ってもらえればいいが、こういうプレゼントは自分史上初めてで未知だ。

箱の包装を解いていく様子を黙って見守る。

「では、開けます……えっ、なにこれ」

箱の上部を開けて緩衝材を取り除いた知花は目を大きくする。

そっと、慎重な手つきで中身を取り出し、「わぁ……」とじっと見つめた。

「スノードーム……ですよね？」

疑問形で返されて、「ほかになにに見えるんだ」と思わずくすくす笑ってしまう。

「いや、だって、なんか重厚で……えっ、中に私の名前が！」

冬の景色を模したスノードーム。

プレゼント交換の申し出を受けて即、ガラス工芸で有名な知り合いの作家にオーダーを依頼した。

事前にあんなくぎを刺されているから、その詳細は知花にはシークレットだ。

部屋の間接照明に向けてスノードームを揺らすと、キラキラと中が輝いて見える。

「すごい綺麗……」

「オーダーメイドのスノードームなんて、絶対高額ですよね……私の名前まで入っているし、こんな短期間でお願いしているし」

なかなかの読み。

でも、軽く笑って受け流す。

「そんなこと言ったら、知花はどうなんだ？ 提案しておいて」

丁寧にスノードームをテーブルに置き、「私のことはいいんです！」とわざと膨れた顔をつくってみせる。

こうして日に日に、心を許してくれているとわかる自然な表情を見る機会が増えていてうれしい。

初めて話したときの彼女の様子を思い返すと懐かしくて、そっと腕を伸ばして抱き寄せた。

「今日はありがとう。人生で初めて、最高のクリスマスイブになった」

「私もです。付き合ってくださりありがとうございました」

「来年も、一緒に過ごせるのが楽しみだ」
腕の中で「はい」と答えてくれた知花がたまらなく愛しくて、前髪にそっとキスを落とした。

Fin.

あとがき

皆様こんにちは、未華空央です。

このたびは『冷血CEOにバツイチの私が愛されるわけがない～偽りの関係のはずが独占愛を貫かれて～』をお手に取ってくださり、ありがとうございました。

本作はなんと、ヒロインがバツイチ……！

バツイチのヒロインはベリーズ文庫ではあまりない設定ではないでしょうか？

担当様と今作について話し合っていたとき、これまで私自身が書いたことのないヒロインの設定に執筆を楽しみにしていました。

バツイチという過去があるからこそ、知花には悲しい過去を笑い飛ばせるくらい幸せになってもらいたい。そんな思いを込めて書いた作品となりました。

これまでとはひと味違うお話ではありましたが、皆様にもお楽しみいただけていましたらうれしく思います。

私事ではありますが、昨年の夏の終わりにマルプーの赤ちゃんをお迎えしまして、我が家に家族が増えました。

名前を空《くう》(空と書いて〝くう〟です!)と主人が名づけました。

そんなわけで、本作を構想、執筆、編集作業中は空が膝の上にのっていることが多かったです。かわいくて癒やしなのですが、なですぎちゃうという(笑)。たまにXでも登場しますので、ぜひ空にも会いに来てください!


今作も多くの皆様のお力添えがあり、こうして刊行していただくことができました。ベリーズ文庫編集部の皆様をはじめ、担当様、ライター様。美しいカバーイラストを手がけてくださいました、ささおかえり先生。デザイナー様、印刷関係、販売部の皆様。本作に携わってくださいましたすべての皆様に感謝申し上げます。

そして、本作をここまでお読みくださったあなた様。皆様が作品を読んでくださることが、未華のなによりの力になっています。いつもありがとうございます。

今後も楽しみながら作品をつくり、そして日々精進してまいります。

またこうしてご挨拶ができる日を夢見て……☆

未華空央《みはなそらお》

未華空央先生への
ファンレターのあて先

〒104-0031
東京都中央区京橋1-3-1
八重洲口大栄ビル7F
スターツ出版株式会社　書籍編集部　気付

未華空央先生

本書へのご意見をお聞かせください

お買い上げいただき、ありがとうございます。
今後の編集の参考にさせていただきますので、
アンケートにお答えいただければ幸いです。

下記URLまたは二次元コードから
アンケートページへお入りください。
https://www.ozmall.co.jp/enquete/IndexTalkappi.aspx?id=2301

冷血CEOにバツイチの私が愛されるわけがない
～偽りの関係のはずが独占愛を貫かれて～

2025年5月10日　初版第1刷発行

著　者　未華空央
©Sorao Mihana 2025

発行人　菊地修一

デザイン　カバー　藤井敬子
フォーマット　hive & co.,ltd.

校　正　株式会社文字工房燦光

発行所　スターツ出版株式会社
〒104-0031
東京都中央区京橋1-3-1　八重洲口大栄ビル7F
TEL　03-6202-0386（出版マーケティンググループ）
TEL　050-5538-5679（書店様向けご注文専用ダイヤル）
URL　https://starts-pub.jp/

印刷所　株式会社DNP出版プロダクツ

Printed in Japan

乱丁・落丁などの不良品はお取替えいたします。
上記出版マーケティンググループまでお問い合わせください。
定価はカバーに記載されています。

ISBN 978-4-8137-1740-9　C0193

ベリーズ文庫 2025年5月発売

『「絶対結婚しない」と言った天才脳外科医から溺愛プロポーズなんてありえません！』滝井《たきい》みらん・著

学生時代からずっと忘れずにいた先輩である脳外科医・司に再会した雪。もう二度と会えないかも…と思った雪は衝撃的な告白をする！　そこから恋人のような関係になるが、雪は彼が自分なんかに本気になるわけないと考えていた。ところが「俺はお前しか愛せない」と溺愛溢れる司の独占欲を刻み込まれて…!?

ISBN978-4-8137-1738-6／定価847円（本体770円＋税10%）

『愛の極～冷徹公安警察は愛なき結婚で激情が溢れ出す～【極上の悪い男シリーズ】』麻生《あそう》ミカリ・著

父の顔を知らず、母とふたりで生きてきた瑛奈。そんな母が病に倒れ、頼ることになったのは極道の組長だった父親。母を助けるため、将来有望な組の男・翔と政略結婚させられて!?　心を押し殺して結婚したはずが、翔の甘く優しい一面に惹かれていく。しかし実は翔は、組を潰すために潜入中の公安警察で…！

ISBN978-4-8137-1739-3／定価814円（本体740円＋税10%）

『冷血CEOにバツイチの私が愛されるわけがない～偽りの関係のはずが独占愛を貫かれて～』未《み》華空《はなそら》央《お》・著

夫の浮気が原因で離婚した知花はある日、会社でも冷血無感情で有名なCEO・裕翔から呼び出される。彼からの突然の依頼は、縁談避けのための婚約者役!?　しかも知花の希望人事まで受け入れるようで…。知花は了承しニセの婚約者としての生活が始まるが、裕翔から向けられる視線は徐々に熱を帯びていき…！

ISBN978-4-8137-1740-9／定価814円（本体740円＋税10%）

『すれ違いだらけだった私たちが、最愛同士になれますか？～孤高のパイロットは不屈の溺愛でもう離さない～』蓮美《はすみ》ちま・著

美咲が帰宅すると、同棲している恋人が元カノを連れ込んでいた。ショックで逃げ出し、兄が住むマンションに向かうと8年前の恋人でパイロットの大翔と再会！　美咲の事情を知った大翔は一時的な同居を提案する。過去、一方的に別れを告げた美咲だが、一途な大翔の容赦ない溺愛猛攻に陥落寸前に…!?

ISBN978-4-8137-1741-6／定価814円（本体740円＋税10%）

『迎えにきた強面消防士は双子とママに溺愛がダダ漏れです』花木《はなき》きな・著

桃花が働く洋菓子店にコワモテ男性が来店。彼は昔遭った事故で助けてくれた消防士・橙吾だった。やがて情熱的な交際に発展。しかし彼の婚約者を名乗る女性が現れ、実は御曹司である橙吾とは釣り合わないと迫られる。やむなく身を引くが妊娠が発覚…！　すると別れたはずの橙吾が現れ激愛に捕まって…!?

ISBN978-4-8137-1742-3／定価825円（本体750円＋税10%）

ベリーズ文庫 2025年5月発売

『冷酷元カレ救急医は契約婚という名の激愛で囲い込む』 冬野《とうの》まゆ・著

看護師の香苗。ある日参加した医療講習で救命救急医・拓也に再会！　彼は昔ある事情で別れを告げた忘れられない人だった。すると縁談に困っているという拓也から契約婚を提案され!?　ストーカー男に困っていた香苗は悩んだ末に了承。気まずい夫婦生活が始まるが、次第に拓也の滾る執愛が露わになって…!?

ISBN978-4-8137-1743-0／定価836円（本体760円＋税10％）

『元・最下位の妃、2度目の政略結婚で氷の冷酷王に嫁ぎます～「愛は望むな」と言われた出戻り王女が愛され妃になるまで～2』 三沢《みさわ》ケイ・著

晴れて夫婦となったアリスとウィルフリッドは、甘くラブラブな新婚生活を送っていた。やがて愛息子・ジョシュアが生まれると、国では作物がとんでもなく豊作になったり小さい地震が起きたりと変化が起き始める。実はジョシュアは土の精霊の加護を受けていた！　愛されちびっこ王子が大活躍の第2巻！

ISBN978-4-8137-1744-7／定価814円（本体740円＋税10％）

ベリーズ文庫with 2025年5月発売

『途切れた恋のプロローグをもう一度』 砂原雑音《すなはらのいず》・著

看護師の燈子は高校時代の初恋相手で苦い思い出の相手でもあった薫と職場で再会する。家庭の事情で離れ離れになってしまったふたり。かつての甘酸っぱい気持ちが蘇る燈子だったが、薫はあの頃の印象とは違いクールでそっけない人物になっていて…。複雑な想いが交錯する、至高の両片思いラブストーリー！

ISBN978-4-8137-1745-4／定価836円（本体760円＋税10％）

ベリーズ文庫 2025年6月発売予定

Now Printing

『政略結婚した没落令嬢は、冷酷副社長の愛に気づかない』 佐倉伊織《さくらいおり》・著

倒産寸前の家業を守るために冷酷と言われる直斗と政略結婚をした椿。互いの利益のためだったが、日頃自分をなじる家族と離れることができた椿は自由を手に入れて溌剌としていた。そんな椿を見る直斗の目は徐々に熱を帯びていき!? はじめは戸惑う椿も、彼の溢れんばかりの愛には敵わず…！

ISBN978-4-8137-1750-8／予価814円（本体740円＋税10%）

Now Printing

『パイロット×ベビー【極上の悪い男シリーズ】』 皐月《さつき》なおみ・著

ひとりで子育てをしていた元令嬢の和葉。ある日、和葉の家の没落直後に婚約破棄を告げた冷酷なパイロット・遼一に偶然再会する。彼の豹変ぶりに、愛し合った日々も全て偽りだと悟った和葉はもう関わりたくなかったのに――冷徹だけどなぜかピンチの時に現れる遼一。彼が冷たくするにはワケがあって…！

ISBN978-4-8137-1751-5／予価814円（本体740円＋税10%）

Now Printing

『クールな夫の心の内は、妻への愛で溢れてる』 吉澤紗矢《よしざわさや》・著

羽菜は両親の薦めで無口な脳外科医・克樹と政略結婚をすることに。妻として懸命に努めるも冷えきった結婚生活が続く。ついに離婚を決意するが、直後、不慮の事故に遭ってしまう。目覚めると、克樹の心の声が聞こえるようになって!? 無愛想な彼の溺甘な本心を知り、ふたりの距離は急速に縮まって…！

ISBN978-4-8137-1752-2／予価814円（本体740円＋税10%）

Now Printing

『双子のパパは冷酷な検事～偽装の愛が真実に変わる時～』 宝月《ほうづき》なごみ・著

過去が理由で検事が苦手な琴里。しかし、とあるきっかけで検事の鏡太郎と偽の婚約関係を結ぶことに。やがて両想いとなり結ばれるが、実は彼が琴里が検事を苦手になった原因かもしれないことが判明!? 彼と唯一の家族である弟を守るため身を引いた琴里だが、その時既に彼との子を身ごもっていて…。

ISBN978-4-8137-1753-9／予価814円（本体740円＋税10%）

Now Printing

『もう遠慮はしない～本性を隠した御曹司は離婚を切りだした妻を溺愛でつなぐ～』 Yabe《やべ》・著

紗季は一年の交際の末、観光会社の社長・和也と晴れて挙式。しかしそこで、実は紗季の父の会社とのビジネスを狙った政略結婚だという話を耳に。動揺した紗季が悩んだ末に和也に別れを切り出すと、「三カ月で俺の愛を証明する」と宣言され！ いつもクールなはずの和也の予想外の溺愛猛攻が始まって…!?

ISBN 978-4-8137-1754-6／予価814円（本体740円＋税10%）

タイトル、価格等は変更になることがございますのでご了承ください。